人类文明是一条切不断的长河。今天的传统就是昨天的现实，今天的现实就是明天的传统。

我们今天所面对的许多问题，古人也曾经面对过。古人的心灵和我们是相通的。闲暇时候，重温一下古人留下的名篇佳作，不仅可以获得美的享受，还可以汲取有益的人生智慧。

——题记

唐诗十二讲

曾大兴◎著

中山大学出版社
·广州·

图书在版编目（CIP）数据

唐诗十二讲/曾大兴著．—广州：中山大学出版社，2012.7
ISBN 978－7－306－04177－7

Ⅰ.①唐…　Ⅱ.①曾…　Ⅲ.①唐诗—诗歌研究　Ⅳ.①I207.22

中国版本图书馆 CIP 数据核字（2012）第 103984 号

出 版 人：祁　军
策划编辑：丁　俭
责任编辑：丁　俭　钟永源
封面设计：林绵华
责任校对：杨文泉
责任技编：黄少伟
出版发行：中山大学出版社
电　　话：编辑部 020－84111996，84113349，84111997，84110779
　　　　　发行部 020－84111998，84111981，84111160
地　　址：广州市新港西路 135 号
邮　　编：510275　　　　传　真：020－84036565
网　　址：http://www.zsup.com.cn　E-mail:zdcbs@mail.sysu.edu.cn
印 刷 者：广州市怡升印刷有限公司
规　　格：787mm×1092mm　1/16　18.75 印张　236 千字
版次印次：2012 年 7 月第 1 版　　2012 年 7 月第 1 次印刷
定　　价：37.00 元　　印数：1～3000 册

目　录

第一讲

王杨卢骆当时体

王勃（650—676）、杨炯（650—703?）、卢照邻（634?—686?）、骆宾王（635?—684?），这四人“以文辞齐名海内，称四才子，亦曰四杰”（辛文房《唐才子传》）。他们都生于唐太宗贞观年间，创作活动则集中在高宗至武后时期。他们的排序，最初是“骆、卢、王、杨”（张说《裴公神道碑》、郗云卿《骆丞集序》），后来才是“王、杨、卢、骆”（宋之问《祭杜学士审言文》、杜甫《戏为六绝句》）。论年纪，卢、骆是同一辈人，王、杨是同一辈人，卢、骆比王、杨大15岁左右。但是为什么到后来王、杨反倒排在了卢、骆的前边呢？闻一多先生对此有一个解释。他说：王、杨擅长五律，卢、骆擅长七言歌行。而“五律无疑是唐诗最主要的形式，在那时人心目中，五律才是诗的正宗。沈、宋之被人推重，理由便在此。按时人安排的顺序，王、杨的名字列在卢、骆之上，也正因他们的贡献在五律”（闻一多《唐诗杂谈·四杰》）。这个解释可备一说。

王、杨、卢、骆之间是互有交情的。“卢、骆二人交情，可凭骆的《艳情代郭氏答卢照邻》诗来坐实，而王、杨的契合，则有王的《秋日饯别序》和杨的《王勃集序》可证。”另外，“卢、王有两首同题分咏的诗，卢、杨有一首同题同韵的诗，可见他们这两辈人确乎在文酒之会中常常见面”（闻一多《唐诗杂谈·四杰》）。

一、王勃

王勃（650—676），字子安，绛州龙门（今山西河津）人。他是隋末大儒王通（文中子）之孙，6 岁即善辞章；9 岁读颜师古的《汉书注》，作《指瑕》十卷，有“神童”之誉。右相刘祥道荐之于朝，应制科考试，对策高第，授朝散郎，时年不到 20 岁。沛王李贤征为侍读。《新唐书》卷二〇一《文艺传》载：“是时诸王斗鸡，勃戏为文檄英王（按：当为周王，即后来的中宗）鸡。高宗怒曰：‘是且交构。’斥出府。”而杨炯《王勃集序》则以为是才高招忌。

后游巴蜀，补为虢州参军。《旧唐书》卷一九〇《文苑传》载：“久之，补虢州参军。勃恃才傲物，为同僚所嫉。有官奴曹达犯罪，勃匿之，又惧事泄，乃杀达以塞口。事发当诛，会赦除名。”然［清］姚大荣《王子安年谱》以为是遭人陷害，所谓“假手官奴，以攻其瑕”。

王勃之父王福畤因此而受到牵连，由雍州司功参军贬交趾县令。次年，王勃往交趾省父，途经南昌，遇都督阎公新修滕王阁成，大会宾客，王勃应邀与会。“勃虽在座，而阎公意属子婿孟学士者为之，已宿构矣。及以纸笔巡让宾客，勃不辞让。公大怒，拂衣而起，专令人伺其下笔。第一报云：‘南昌故郡，洪都新府。’公曰：‘亦是老生常谈！’又报云：‘星分翼轸，地接衡庐。’公闻之，沈吟不言。又云：‘落霞与孤鹜齐飞，秋水共长天一色。’公矍然而起曰：‘此真天才，当垂不朽矣！’遂极请宴所，极欢而罢”（王定保《唐摭言》）。

由交趾返回，渡海溺水，悸而卒，时年27岁。

《新唐书》卷二〇一《文艺传》载：“勃属文，初不精思，先磨墨数升，则酣饮，引被覆面卧，及寤，援笔而成，不易一字，时人谓之腹稿。”按：有人讲，王勃有“族翁”名王承烈，寓居江西，时闻王勃将途经南昌，故预致书翰。[①] 王勃作《滕王阁序》，当亦为“腹稿”。这个说法还有待考证。

有《王子安集》，杨炯作序。

杜少府之任蜀川[①]

王勃

城阙辅三秦[②]，风烟望五津[③]。
与君离别意，同是宦游人。
海内[④]存知己，天涯若比邻。
无为在歧路，儿女共沾巾。

【简注】

①蜀川：有的版本作蜀州。按：唐代置蜀州，在王勃死后第十年，即垂拱二年（686）。当以蜀川为是。蜀川，指西川，即今四川岷江流域。②三秦：指今陕西关中一带，古为秦国。项羽入关后，把秦地一分为三，分封给秦朝的三个降将。从此三秦即指秦地。③五津：白华津、万里津、江首津、涉头津、江南津。此处泛指蜀川。④“海内”两句：承曹植《赠白马王彪》：“丈夫志四海，万里犹比邻。恩爱苟不亏，在远分日亲。”

---

① 参见傅璇琮主编《唐才子传校笺》，中华书局1987年版，第1册，第30页。

【导读】

王勃的作品有两种风格：一种纤丽绮靡，这是受了南朝文风的影响；一种刚健质朴，这是受了北朝文风的影响。此诗属后者。

古人重离别，盖因交通、通讯条件的落后所致。南朝江淹《别赋》："黯然消魂者，唯别而已矣。"王勃此诗，境界开阔，心情达观，一洗悲酸之态，可谓独标高格。

这首诗具体的写作时间不详，杜少府究竟是谁，也待考证。但是，王勃的旷达并非偶然。《滕王阁序》："嗟乎！时运不齐，命途多舛。冯唐易老，李广难封。屈贾谊于长沙，非无圣主。窜梁鸿于海曲，岂乏明时？所赖君子见机，达人知命。老当益壮，宁移白首之心？穷且益坚，不坠青云之志。酌贪泉而觉爽，处涸辙而相欢。北海虽赊，扶摇可接。东隅已逝，桑榆非晚。孟尝高洁，空余报国之情；阮籍猖狂，岂效穷途之哭？”由此可见。

二、杨炯

杨炯（650—703?），华阴（今属陕西）人，8岁举“神童”（按：童子举为乡贡之一，限年龄在10岁以下者），27岁为校书郎。武则天垂拱五年（685），因其从弟神让参与徐敬业起兵之事受牵连，被贬官。炯晚年任盈川（今浙江衢州境内）令，世称“杨盈川”。

《唐才子传》：“炯恃才凭傲，每耻朝士矫饰，呼为麒麟楦。或问之，曰：‘今假弄麒麟戏者，必刻画其形覆驴上，宛然异物，及去其皮，还是驴耳。’闻者甚不平，故为时所岂。”

《唐才子传》：“炯博学善文，与王勃、卢照邻、骆宾王以文辞齐名海内，称四才子，亦曰四杰。效之者风靡焉。炯尝谓：‘吾愧在卢前，耻居王后。’张说曰：‘盈川文如悬河，酌之不竭，优于卢而不减于王，愧在卢前，谦也；耻居王后，信然。’”按照闻一多先生的解释，则是：“杨年纪比卢小得多，名字反在卢前，有愧不敢当之感，所以说‘愧在卢前’；反之，他与王多分是同学，名字在王后，说‘耻居王后’，正是不甘心的意思”（《唐诗杂论·四杰》）。不过，杨对王还是很欣赏的。王勃死后，杨曾经为他的《王子安集》作序。

从军行[①]

杨炯

烽火照西京，心中自不平。
牙璋辞凤阙[②]，铁骑绕龙城[③]。
雪暗凋旗画，风多杂鼓声。
宁为百夫长，胜作一书生。

【简注】

①从军行：汉乐府“相和歌辞·平调曲”旧题。②牙璋：兵符。分凹凸两块，相嵌合处呈牙状。皇帝、主帅各执一块，用兵则合。凤阙：汉建章宫东有圆阙，上有金凤，故称凤阙。此处指皇宫。③龙城：汉时龙城为匈奴大会祭天之所，在今蒙古国境内；十六国时龙城在今辽宁辽阳，唐时属于营州柳城郡（今辽宁朝阳），此处泛指敌方要地。

【导读】

此诗写慷慨从军之豪情，体现了唐代尚武的主流价值观，与宋代崇文的主流价值观不同。诗风雄浑刚健。

三、卢照邻

卢照邻（634？—686?），字升之，范阳（今河北涿州）人，博学多才，20岁为邓王（高祖第17子李元裕）府典签。王爱重，谓人曰：“此吾之相如。”30岁左右迁新都（今属四川）尉，40岁染风疾，乃辞官，居长安太白山，从孙思邈问医道。自号幽忧子。《新唐书》卷二○一《文艺传》

载："疾甚，足挛，一手又废，乃去具茨山（河南阳翟境内）下，贾园数十亩，疏颍水周舍，复预为墓，偃卧其中。""病既久，与亲属执别，遂投颍水而死。"大约活了52岁。有《幽忧子集》。

长安古意①

卢照邻

长安大道连狭斜，青牛白马七香车。
玉辇纵横过主第，金鞭络绎向侯家。
龙衔宝盖承朝日，凤吐流苏带晚霞。
百丈游丝争绕树，一群娇鸟共啼花。
啼花戏蝶千门侧，碧树银台万种色。
复道交窗②作合欢，双阙连甍垂凤翼③。
梁家画阁天中起，汉帝金茎云外直。
楼前相望不相知，陌上相逢讵相识。
借问吹箫向紫烟，曾经学舞度芳年。
得成比目何辞死，愿作鸳鸯不羡仙。
比目鸳鸯真可羡，双去双来君不见。
生憎帐额绣孤鸾，好取门帘帖双燕。
双燕双飞绕画梁，罗帏翠被郁金香。
片片行云著蝉鬓，纤纤初月上鸦黄④。

【简注】

①古意：拟古之作。②复道：阁道。楼阁之间的空中走廊。交窗：用木条交错制成的窗。③甍（méng）：屋脊。凤翼：屋檐的形状。④初月、鸦黄：女子月形黄色的额饰。

鸦黄粉白车中出，含娇含态情非一。
妖童宝马铁连钱，娼妇盘龙金屈膝⑤。
御史府中乌夜啼，廷尉门前雀欲栖⑥。
隐隐朱城临玉道，遥遥翠幰⑦没金堤。
挟弹飞鹰杜陵北，探丸借客⑧渭桥西。
俱邀侠客芙蓉剑，共宿娼家桃李蹊。
娼家日暮紫罗裙，清歌一啭口氛氲。
北堂夜夜人如月，南陌朝朝骑似云。
南陌北堂连北里，五剧三条控三市⑨。
弱柳青槐拂地垂，佳气红尘暗天起。
汉代金吾千骑来，翡翠屠苏鹦鹉杯。
罗襦宝带为君解，燕歌赵舞为君开。
别有豪华称将相，转日回天不相让。
意气由来排灌夫，专权判不容萧相。
专权意气本豪雄，青虬紫燕⑩坐春风。
自言歌舞长千载，自谓骄奢凌五公⑪。
节物风光不相待，桑田碧海须臾改。
昔时金阶白玉堂，即今唯见青松在。
寂寂寥寥扬子居，年年岁岁一床书。

【简注】

⑤屈膝：门窗、橱柜和屏风上的环纽、搭扣。⑥御史：掌弹劾之官；廷尉：执法之官。⑦翠幰（xian）：饰以翠羽的车帷。⑧探丸借客：《汉书·尹赏传》："闾里少年群辈杀吏，受赇报仇。相与探丸为弹。得赤丸者斫武吏，得黑丸者斫文吏，白者主治丧。"⑨五剧三条控三市：剧：交错的道路；条：通达的道路；三市：大市、朝市、夕市。⑩青虬：代指马；紫燕：骏马名。⑪五公：东汉张汤、杜周、萧望之、冯奉世、史丹，皆著名权贵。

【导读】

这是一首托古讽今的作品，写的是汉代长安的历史画面，反映的是唐代长安的现实问题。全诗分两部分：第一部分从开头到“青虬紫燕坐春风”，用洋洋洒洒长达58句的篇幅，写长安的各色人物追逐奢华，追逐情欲的满足，追逐财富，追逐权力；第二部分从“自言歌舞长千载”到结尾，仅用10句，写一切奢华、财富和权力等，都随着时间的流逝而化为尘土。而自甘淡泊的学者，则可以流芳百世。作者对历史、对人生的认知非常深刻，可以说是对现世浮华的一声棒喝，永远都具有警醒世人的意义。在初唐，只有骆宾王的《帝京篇》可与媲美。闻一多先生讲：“卢、骆的到来，能使人们麻痹了百余年的心灵复活”（《唐诗杂谈·四杰》）。

作品感慨深沉，笔力雄健，在艺术上有这样几个特点：

一是善用赋笔。该诗既有总体的描述，又有细节的刻画，而且详略有别，并不平均使用力气。

二是四句换景，或者换意，而转换之处则多用“连珠格”（又称“顶真格”），音节嘹亮，给人以一气呵成、累累如贯珠之感。

三是多用对比，或今昔对比：昔时金阶白玉堂，即今唯见青松在；或空间对比：终南山的寂寥与长安的豪华；或命运对比：豪华者声名俱灭，寂寥者百世流芳；或篇幅对比：写豪华用了58句，写寂寥只用10句；或色彩对比：写豪华浓墨重彩，写寂寥朴实无华。

四、骆宾王

骆宾王（635？—684?），字观光，义乌（今属浙江金华）人，七岁能赋诗，作《咏鹅》，号称“神童”。曾为道王府属。高宗乾封元年（666），骆应举及第，曾从军出塞，又曾奉使西南；高宗仪凤三年（678），因上疏言事，被诬下狱达一年之久；后遇赦，贬临海县丞，故世称“骆临海”。光宅元年（684），徐敬业在扬州起兵讨伐武则天，骆宾王为纪室，作《代徐敬业传檄天下文》，斥武后罪。据《新唐书》卷二〇一《文艺传》载：武后读到“蛾眉不肯让人，狐媚偏能惑主”时，但嘻笑。至“一抔之土未干，六尺之孤安在”时，矍然曰：“谁为之?”或以宾王对。后曰：“宰相安得失此人?”徐敬业兵败被杀，宾王不知所终。关于他的下落，当时就有三种说法：一是被杀；二是逃亡，客死于南通；三是投水而死。闻一多先生对骆宾王的评价很高，说他是“教历史上第一位英威的女性破胆的文士，天生一副侠骨，专喜欢管闲事，打抱不平、杀人报仇、革命、帮痴心女子打负心汉，都是他干的”（《唐诗杂谈·四杰》）。

骆宾王五、七言皆擅，《在狱咏蝉》、《帝京篇》为其名作。中宗即位，下令搜访骆宾王诗文。有《骆宾王文集》传世。

在狱咏蝉

骆宾王

西陆①蝉声唱，南冠客思侵。

那堪玄鬓影，来对白头吟。

露重飞难进，风多响易沉。

无人信高洁②，谁为表予心。

【简注】

①西陆：指秋天。《隋书·天文志》："日循黄道东行……，行东陆谓之春，行南陆谓之夏，行西陆谓之秋，行北陆谓之冬。"②高洁：陆云《寒蝉赋序》："含气饮露，则其清也；黍稷不食，则其廉也。"骆宾王《在狱咏蝉序》："故洁其身也，禀君子达人之高行。"作者因上疏言事而得罪，被诬任长安主簿时有贪赃枉法之事。

【导读】

以蝉自喻。亦物亦人，意在言外。诗前有小序，过长，不录。

【小结】

王、杨、卢、骆四人都是官小而才大，名高而位卑。其中，王、杨、骆三人还都是"神童"。从性格和为人来看，四人都很自信，都有些恃才傲物，甚至都有些不拘小节。

在诗体方面，王、杨、卢、骆各有所长，卢、骆长于七古，王、杨长于五律，但是在诗的内容、情感、风格方面，则有共同之处。第一，他们的作品反映了较为广阔的社会生活和丰富的内心世界；第二，他们的作品既有对功名事业的热望，同时又包含对盛衰成败、荣辱得失的思考；第三，他们的风格虽然有绮丽的一面，未能完全摆脱"宫体诗"的影响，但

还有另一面，或者说主要的一面，即以刚健为主，体现了唐诗的健康的发展方向。杨炯《王勃集序》：“尝以龙朔初载，文场变体，争构纤微，竞为雕刻。糅之金玉龙凤，乱之朱紫青黄。影带以徇其功，假对以称其美，骨气都尽，刚健不闻。思革其弊，用光志业。”这表明，他们对刚健之美的追求乃是一种自觉。杜甫《戏为六绝句》：“王杨卢骆当时体，轻薄为文哂未休。尔曹身与名俱灭，不废江河万古流。”

所谓“当时体”，就是既未完全摆脱“宫体诗”的影响，又为唐诗开辟了新的发展道路。可以说是很客观地肯定了他们在初唐诗坛的地位。

第二讲

格律诗的定型

（一）格律诗的特点

1. 每首限定 8 句，五律共 40 字，七律共 56 字。

2. 押平声韵。

3. 每句的平仄都有规定。

4. 每篇必须有对仗，对仗的位置也有规定。

（二）永明体达到的水平

讲唐代的格律诗，必须事先知道永明体。所谓永明体，就是与古体诗相对的、讲究声律和对偶的一种新诗体。由于这种新诗体是在齐武帝永明年间产生的，故称永明体。

《南齐书·陆厥传》：

> 永明末，盛为文章，吴兴沈约、陈郡谢朓、琅邪王融以气类相推毂；汝南周颙，善识音韵。约等文皆用宫商，以平上去入为四声，以此制韵，不可增减，世呼为“永明体”。

永明体的特征是：句式渐趋于定型，以五言四句、八句为多，律句大量涌现，平仄相对的观念比较明确，但是还没有形成“粘”的概念。此外，用韵由疏而密，押平声韵居多，押仄声韵很严，至于通韵，很多已接近唐人。①

（三）粘对

举例说明

从军行

杨炯

烽火照西京，平仄仄平平
心中自不平。平平仄仄平
牙璋辞凤阙，平平平仄仄
铁骑绕龙城。仄仄仄平平
雪暗凋旗画，仄仄平平仄
风多杂鼓声。平平仄仄平
宁为百夫长，平平仄平仄
胜作一书生。仄仄仄平平

说明：第一句首字用平声，是为了避免犯孤平；第六句的“杂”字为入声，第七句第三、四两字的平仄互换位置，“平平仄平仄”这种句型在

① 参见刘跃进《门阀士族与永明文学》，三联书店 1996 年版。

唐诗中很常见，是一种常见的拗救。

对，就是平对平，仄对仄。

粘，就是平粘平，仄粘仄；后联出句第二字的平仄要跟前联对句第二字相一致。具体来讲，要使第三句跟第二句相粘，第五句跟第四句相粘，第七句跟第六句相粘。

（四）沈宋之前初唐人已达到的水平

唐代格律诗是在永明体的基础上发展起来的。过去人们讲格律诗在唐代的定型，往往只讲到沈佺期和宋之问。如元稹《唐故工部员外郎杜君墓系铭序》："沈、宋之流，研练精切，稳顺声势，谓之为律诗。自是而后，文体之变极焉。"又如《新唐书》卷二〇二《文艺传·宋之问传》："魏建安后迄江左，诗律屡变，至沈约、庾信，以音韵相婉附，属对精密。及之问、沈佺期，又加靡丽，回忌声病，约句准篇，如锦绣成文，学者宗之，号为'沈宋'。"

其实，在格律诗的定型方面，初唐许多诗人都是作出了贡献的。例如"初唐四杰"中的杨炯，现存14首五言律，完全符合近体的粘式律。杜审言现存28首五言律，只有一首失粘，其余的完全符合近体诗的粘式律。许学夷《诗源辩体》卷一三云："五言律体实成于杜、沈、宋，而后人但言成于沈宋，何也？审言较沈、宋复称俊逸，而体自整栗，语自雄丽，其气象风格自在，亦是律诗正宗。"所以，我们这一讲要讲三个人：杜审言、沈佺期和宋之问。

一、杜审言

杜审言（645？—708），字必简，河南巩县（今河南巩义市）人，晋征南将军杜预之后，唐初名臣杜易简之从弟，大诗人杜甫之祖父。郡望京兆，祖籍襄阳，其父杜依艺迁巩县，故其本贯为巩县。

杜审言于高宗咸亨元年（670）中进士，因恃才傲物，为人所疾。《新唐书》卷二〇一《文艺传》载："苏味道为天官（吏部）侍郎，审言集判，出谓人曰：'味道必死。'人惊问故，答曰：'彼见吾判，且羞死。'"杜审言与李峤、崔融、苏味道并称"文章四友"。他与苏是有交情的，苏也是一位优秀诗人，写有"火树银花合，星桥铁索开。暗尘随马去，明月逐人来"（《正月十五日夜》）这样的名作。因此有人对这一条记载的真实性表示怀疑，但是，杜审言的自负是出了名的。他还说："吾文章当得屈、宋作衙官，吾笔（书法）当得王羲之北面。"连屈原、宋玉、王羲之都不放在眼里，可见他的自负已经近乎狂妄。不过当时也有人推崇他，例如陈子昂对他的评价就很高。

杜审言由于恃才傲物，得罪了权贵，自洛阳县丞贬为吉州司户。又与同僚不和。司马周季重与司户郭若讷设计陷害，准备找个事由杀了他。杜审言有个儿子叫杜并，那时才13岁，为报父仇，秘密揣上一把匕首，乘周季重参加宴会，去行刺。结果周季重真的被刺死，杜并本人也被害。周季重临死时说："吾不知杜审言有孝子，郭若讷误我至此！"审言由此被免官，回到洛阳。

不久，武则天把他召回来准备起用。武后问："你欢喜吗?"审言舞蹈表示感谢。武后让他作一首《欢喜诗》，叹重其才，授著作郎。中宗神龙元年，武后病重。宰相崔玄晖、张柬之等发动兵变，迎太子至玄武门，诛杀武后的宠臣张易之、张宗昌兄弟，武后退位。与二张关系密切的崔融、李峤、杜审言、宋之问、沈佺期等八人被发配岭南。杜审言流放到峰州（今越南河内附近），第二年还京，授国子监主簿。

有趣的是，据说杜审言临死之前，宋之问、武平一等人去看他。他说：老天爷把我折磨得这么苦，我还有什么好说的？我活着，长期压着你们。我现在要死了，你们应该感到欣慰。只是不知道我的替身是谁？这个传说不一定可信。但是为什么会有这样一个传说呢？我想不完全是没有根据的。其原因，就是杜审言这一生，实在是太自负了。

杜审言虽然自负，但也有自负的理由。他的诗、书法都很好。在"文章四友"中，他的诗才是最高的。

和晋陵①陆丞早春游望

杜审言

独有宦游人，仄仄仄平平
偏惊物候②新。平平仄仄平

【简注】
①晋陵：唐时常州的一个属县。杜审言在武则天永昌元年（公元689）前后，曾在常州的另一个属县江阴做官，与晋陵县丞陆某人同游唱和。这首诗当是写在这个时候。②物候：随气候的变化而变化或变迁的植物、动物及某些天气现象。

云霞出海曙[3]，平平仄仄仄
梅柳渡江春。平仄仄平平
淑气催黄鸟[4]，仄仄平平仄
晴光转绿苹[5]。平平仄仄平
忽闻歌古调[6]，仄平平仄仄
归思欲沾巾。平仄仄平平

【简注】

③“云霞”句：江南地近东海，气候温和，而且多云，当太阳从东海海平面升起的时候，满天都是云霞。④“淑气”：春天的温暖气候。“黄鸟”：即黄莺，又名“仓庚”。《礼记·月令》：仲春二月，“仓庚鸣”，江南江北皆然，而江南尤甚。⑤“绿苹”：即浮苹。《礼记·月令》：在中原，季春三月，“苹始生”。而在江南，物候早了一个月，苹草已经一片青绿了。南朝江淹《咏美人春游》：“江南二月春，晴光转绿苹。”⑥“古调”：对陆丞原作的尊重用语，说他的诗具有古诗的风调。

【格律】

第一句第一字“独”为入声，第三句第三字、第四句第一字、第七句第一字可平可仄，第八句第二字“思”为去声。

【导读】

杜审言是一个才大而官小、名高而位卑的人。他在高宗咸亨元年（670）中进士后，一直充任县丞、县尉一类的地方官。到永昌元年（689）时，他宦游已近20年，却仍然远离京师，在江阴这个地方继续当这么一个小小的地方官。江南的物候，让他感到又是一个春天到了，年华又老了一岁，而仕途仍然蹭蹬，功名仍然无望，生命的社会价值仍然未能实现，所以他要为之“心惊”。正在“心惊”之际，又读到了陆丞的诗。这陆丞也不过是一个小小的地方官，想来也是很不得志。杜本来就为物候而“心惊”，此时又读了陆丞的诗，所以就“归思”顿起，心想这官有什么做头？还不如回家算了。然而，他毕竟拿了朝廷的俸禄，又要养活一家老小，升迁之念也不是那么容易放下，不是思归就可以归得的。无可奈何之际，他就只有泪“沾襟”了。

这首诗是他的五言律诗的代表作。全诗章法严密，对仗工整，格律精切。明胡应麟《诗薮·内编》推其为初唐五律第一。

二、沈佺期

沈佺期（656？—715），字云卿，相州内黄（今属河南）人，高宗上元二年（675）进士，善属文，尤长于五、七言律诗。在诗坛与宋之问齐名，时人称为“沈宋”。

沈佺期在政治上是一个有争议的人。武后长安四年（704）春夏之际，他因被举报受贿而下狱，秋季获释。第二年，即中宗神龙元年（705）正月，武后病重，张柬之等发动宫廷政变，中宗复位，张易之兄弟被诛。沈佺期因与张易之关系密切，被流放驩州（今越南荣市），第二年六月遇赦北归。

独不见[1]

沈佺期

卢家少妇郁金堂[2]，平平仄仄仄平平
海燕双栖玳瑁梁[3]。仄仄平平仄仄平
九月寒砧催木叶，仄仄平平平仄仄
十年征戍忆辽阳。平平平仄仄平平
白狼河[4]北音书断，仄平平仄平平仄
丹凤城[5]南秋夜长。平仄平平平仄平
谁谓含愁独不见，平仄平平仄仄仄
更教明月照流黄[6]。平平仄仄仄平平

【简注】

①诗题本作《古意呈乔补阙知之》，《乐府诗集》作《独不见》。《独不见》者，乐府旧题，所谓“伤思而不得见也”。②卢家少妇：梁武帝萧衍《河中之水歌》：“河中之水向东流，洛阳女儿名莫愁。……十五嫁为卢家妇，十六生儿字阿侯。卢家兰室桂为梁，中有郁金苏合香。”③海燕：又名越燕，筑巢于梁间。玳瑁梁：饰有玳瑁花纹的屋梁。玳瑁：似龟的动物。④白狼河：即大凌河。在辽宁朝阳西南。⑤丹凤城：指长安。⑥流黄：黄紫相间的丝织品。此指少妇所捣之衣物。

【格律】

第四句第三字，第五句第一、第三字，第六句第一、五字，第七句第一、五字，可平可仄，所谓“一三五不论”，即只要不犯孤平，即可不论。所谓犯孤平，就是除了韵脚字外，只有一个平声。

【导读】

此诗写思女之愁苦，含思婉转，感人至深。格律上对仗工整，平仄协和。

三、宋之问

宋之问（656？—713？），字延清，汾州西河（今山西汾阳）人，仪貌俊伟，辩才无碍，弱冠知名，尤善五言诗，当时无能出其右者。上元二年（675），宋与沈佺期同举进士。《通鉴》卷二〇六：“太后又多选美少年为奉宸内供奉。”之问由此任左奉宸内供奉，并与张易之、张邦昌兄弟关系密切。武后游龙门，诏从臣赋诗，先成者赏锦袍。左史东方虬诗先成，后赐锦袍。之问俄顷献，文理兼美，后览之嗟赏，更夺锦袍以赐。

宋之问在政治上、人品上是一个有争议的人物，曾经一生三贬。中宗神龙元年（705）正月，张易之兄弟败，被贬泷州（今广东罗定）参军。二年春即逃归，匿于洛阳人张仲之家。会武三思复用事。仲之与驸马都尉王同皎等谋杀武三思，之问令兄子发其事以自赎。及同皎等获罪，起之问为鸿胪主簿，由是深为义士所讥。[1] 然亦有不同说法，谓告发者乃之问弟之逊。时之逊与之问同贬岭南，且同偕逃归，匿王同皎家。之问或即因其弟之功而擢授官职。[2]

又据《新唐书》卷二〇二《文艺传》：中宗时，之问因“谄事太平公主，故见用。及安乐公主（中宗女）权盛，复往谐结，故太平深疾之。中宗将用为中书舍人，太平发其知贡举时赇饷狼藉，下迁汴州长史，未行，改越州长史”。有人认为，据《通鉴》卷二〇九，“太平、安乐公主各树朋党，更相谮毁”。而《旧唐书》本传则载之问“及典举，引拔后进，多知名者”，则所谓“知贡举时赇饷狼藉”，亦仅为藉口耳。[3]

又据《旧唐书》卷一九〇《文苑传》：“睿宗即位，以之问尝附张易之、武三思，配徙钦州。（玄宗）先天（713）中，赐死于徙所。”

度大庾岭

宋之问

度岭方辞国，仄仄平平仄
停轺一望家。平平仄仄平
魂随南翥鸟，平平平仄仄
泪尽北枝花[1]。仄仄仄平平

【简注】
①北枝花：《白氏六贴·梅部》：大庾岭南北冷暖迥异，岭上之梅常南枝已落而北枝犹开。

① 见《旧唐书》卷一九〇《文苑传》中，《新唐书》卷二〇二《文艺传》中亦有记载。
② 见傅璇琮主编《唐才子传校笺》，中华书局1987年版，第1册，第91页。
③ 同上书，第93页。

山雨初含霁，仄仄平平仄
江云欲变霞。平平仄仄平
但令归有日，平平平仄仄
不敢恨长沙。仄仄仄平平

【格律】

第五句“山”字可平可仄，“霁”字去声；第七句“令”为多音字，此处读平声。

【导读】

此为宋之问第一次贬岭南（泷州）途经大庾岭时所作。宋同时还有一

首《题大庾岭驿》："阳月南飞雁，传闻至此回。我行殊未已，何日复归来。"阳月即农历十月，正是岭上梅开时节。此诗对仗工整，格律精严。既被贬谪，又远离家乡，故作者感慨沉痛。

【小结】

杜、沈、宋三人不仅同时代，而且同遭遇，都因与张易之兄弟关系密切而贬岭南，都在格律诗的定型方面作出了重要贡献。赵翼《瓯北诗话》卷一二云："至唐初沈、宋诸人，益讲求声病，于是五七律遂成一定格式，如圆之有规，方之有矩，虽圣贤复起，不能改易矣。"他们的贡献，就是完全解决了"粘对"的问题。从此以后，唐人作诗失粘的事情就极为少见了。

说到与张易之兄弟的关系，我们不妨做点独立思考，不一定要附和封建史家的观点。

第一，武则天是一个敢作敢为的女人，也是一个对历史的进步作出了重要贡献的皇帝，寡居之后，弄几个美男子到身边，也不是什么大不了的事。男性皇帝有那么多的美女，女性皇帝为什么不可以有几个美男子？我相信今天的中国人民都能原谅这一点。

第二，张柬之等人诛杀张易之兄弟，主要原因在于反对武则天。因为反对武则天，就仇视武则天身边的美男子；因为仇视武则天身边的美男子，就对美男子身边的文士进行打击。这种心理如同视红颜为祸水。他们认为张易之兄弟就是祸水。这种认识是不足取的。

第三，杜、沈、宋等人与张易之兄弟关系密切，固然是由于功名心所使，但也不排除张易之兄弟的赏识。《旧唐书》宋之问本传讲到宋任左奉宸内供奉后说："易之兄弟雅爱其才，之问亦倾附焉。"可以说其言顾及了

两个方面的因素。

第四，历史学家范文澜曾说，唐朝只有两个半好皇帝，一个是李世民，一个是武则天，一个是前半生的李隆基。武则天既然是个好皇帝，那么她所信任的人包括张易之等，也就不一定真的坏到哪里去。既然张易之等人不一定真的坏到哪里去，那么与张易之等人关系密切的人，也就不一定真的有多大的罪过。所以，杜、沈、宋等八人贬官岭南，不满一年就都由唐中宗给特赦了。

当然，我们无意在政治上为杜、沈、宋辩护。文人从政，总不免卷进一些是是非非，我们也没有这个必要为他们辩护。我们所要强调的是，不要因为他们在政治上的一些是是非非，就把他们的人品说得一无是处；更不要因为他们在政治上、人品上有些争议，就忽略了他们对于文学的贡献。

第三讲

宇宙人生之思

在这一讲里，我准备讲三个人。一个是刘希夷，一个是张若虚，一个是陈子昂。在我之前，从来没有人把他们三个人放在一起讲过。因为他们既非并称，例如“王杨卢骆”、“沈宋”之类；更不属于一个流派，例如“山水田园诗派”、“边塞诗派”之类。所以人们讲这三个人时，都把他们分开来讲，而且尤其要把陈子昂作为重点分开来讲。几乎所有的人都认为，陈子昂和刘希夷、张若虚根本不是一路人。我为什么要把这三个人放在一起讲呢？我自然有我的理由。为了更好地说明这个理由，并且让大家理解我这种讲法，我想先介绍他们的有关作品，等把有关作品讲完之后，再来说明我的理由。

一、刘希夷

刘希夷（651—678？），字庭芝，汝州（今河南临汝）人，高宗上元二年（675）进士。《唐才子传》称其“美姿容，好谈笑。善弹琵琶。饮酒至数斗不醉，落魄不拘常检”。《旧唐书》卷一九〇中《文苑中·乔知之传》称其“善为从军、闺情之诗，词调哀苦，为时所重”。唐人孙翌编《正声集》，把刘希夷列在卷首。

代悲白头翁[1]

刘希夷

洛阳城东桃李花，飞来飞去落谁家？
洛阳女儿好颜色，坐见落花长叹息。
今年花落颜色改，明年花开复谁在？
已见松柏摧为薪，更闻桑田变成海。
古人无复洛城东，今人还对落花风。
年年岁岁花相似，岁岁年年人不同。
寄言全盛红颜子，应怜半死白头翁。
此翁白头真可怜，伊[2]昔红颜美少年。
公子王孙芳树下，清歌妙舞落花前。
光禄池台开锦绣[3]，将军楼阁画神仙[4]。
一朝卧病无相识，三春行乐在谁边？
宛转蛾眉能几时，须臾鹤发乱如丝。
但看古来歌舞地，惟有黄昏鸟雀悲。

【简注】

①题一作《白头吟》。《代悲白头翁》之代，表示拟古乐府之作。②伊：句首语气词。③“光禄”句：《汉书·元后传》：光禄勋曲阳侯王根，大治室第，骄奢僭上，“第中起土山，立两市，殿上赤墀，户青琐。”④“将军”句：《后汉书·梁冀传》：东汉大将军梁冀府第豪华，“堂寝皆有阴阳奥室，连房洞户。柱壁雕镂，加以铜漆；窗牖皆有绮疏青琐，图以云气仙灵。”

【导读】

这首诗，实际上是借洛阳女儿的叹息和白头翁的悲伤，讲人生的有限和时间的无限，讲有限的人生和无限的时间之间的矛盾，以及这种矛盾给人带来的伤感、迷茫和纠结，它所体现的是一种生命意识。

值得注意的是，这种生命意识因何而起？显然，是“洛阳城东”那“飞来飞去”的“桃李花”，是暮春三月的物候。抒情主人公由这暮春三月的物候，想到了时间的无情、个体生命的短暂与历史的沧桑。《红楼梦》里那首脍炙人口的《葬花吟》，可以说是这首诗的一个演绎：

花谢花飞飞满天，红消香断有谁怜？
游丝软系飘春榭，落絮轻沾扑绣帘。
闺中女儿惜春暮，愁绪满怀无着处。
手把花锄出绣帘，忍踏落花来复去？
柳丝榆荚自芳菲，不管桃飘与李飞。
桃李明年能再发，明年闺中知有谁？
三月香巢初垒成，梁间燕子太无情！
明年花发虽可啄，却不道人去梁空巢已倾。
一年三百六十日，风刀霜剑严相逼。
明媚鲜妍能几时？一朝飘泊难寻觅。
花开易见落难寻，阶前闷杀葬花人。
独把花锄偷洒泪，洒上空枝见血痕。
杜鹃无语正黄昏，荷锄归去掩重门。
青灯照壁人初睡，冷雨敲窗被未温。
怪奴底事倍伤神？半为怜春半恼春：
怜春忽至恼忽去，至又无言去不闻。
昨宵庭外悲歌发，知是花魂与鸟魂？

花魂鸟魂总难留，鸟自无言花自羞。
愿侬此日生双翼，随花飞到天尽头。
天尽头！何处有香丘？
未若锦囊收艳骨，一抔净土掩风流。
质本洁来还洁去，不教污淖陷渠沟。
尔今死去侬收葬，未卜侬身何日丧？
侬今葬花人笑痴，他年葬侬知是谁？
试看春残花渐落，便是红颜老死时。
一朝春尽红颜老，花落人亡两不知！①

曹雪芹借小说人物林黛玉之口，用长达52句的七言歌行淋漓尽致地表达了一种深入骨髓的生命意识之后，仍嫌意犹未尽，还要借贾宝玉的感慨，再作一番推求：

话说林黛玉只因昨夜晴雯不开门一事，错疑在宝玉身上。次日又可巧遇见饯花之期，正是一腔无明，未曾发泄，又勾起伤春愁思，因把些残花落瓣去掩埋，由不得感花伤己，哭了几声，便随口念了几句。不想宝玉在山坡上听见，先不过点头感叹；次后听到“侬今葬花人笑痴，他年葬侬知是谁？……一朝春尽红颜老，花落人亡两不知”等句，不觉恸倒山坡上，怀里兜的落花撒了一地。试想林黛玉的花颜月貌，将来亦到无可寻觅之时，宁不心碎肠断！既黛玉终归无可寻觅之时，推之于他

① 曹雪芹、高鹗：《红楼梦》，袁世硕校注本，山东人民出版社，1980年版，第323—324页。

人，如宝钗、香菱、袭人等，亦可以到无可寻觅之时矣。宝钗等终归无可寻觅之时，则自己又安在呢？且自身尚不知何在何往，将来斯处、斯园、斯花、斯柳，又不知当属谁姓？——因此一而二，二而三，反复推求了去，真不知此时此际，如何解释这段悲伤！正是：花影不离身左右，鸟声只在耳东西。[①]

这个让林黛玉“一面低吟，一面哽咽”、让贾宝玉“心碎肠断”“不觉恸倒山坡上”的对于生命的悲伤，究竟因何而起？其实也就是春天的物候，所谓“花谢花飞飞满天”是也。而贾宝玉的那种“一而二，二而三”的，由个体生命到群体生命，由人的生命到花、柳的生命的“反复推求”，可以说是把“伤春”之人对于一切生命现象的惶惑、迷茫与虚无之感，表达得既具体入微，又入木三分。

《代悲白头翁》是刘希夷的代表作。据《大唐新语》、《刘宾客嘉话录》及《本事诗》等唐人笔记记载，刘希夷“尝为《白头翁》咏曰：‘今年花落颜色改，明年花开复谁在？’既而自悔曰：‘我此诗似谶，与石崇

① 曹雪芹、高鹗：《红楼梦》，袁世硕校注本，山东人民出版社，1980年版，第326页。

“白首同所归”何异也?’乃更作一句云:‘年年岁岁花相似,岁岁年年人不同。’既而叹曰:‘此句复似向谶矣。然死生有命,岂复由此?’乃两存之。诗成未周,为奸所杀。或云宋之问害之”(《大唐新语》卷八“文章”)。而宋之问乃其舅,“苦爱此两句,知其未示人,恳乞,许而不与。之问怒,以土袋压杀之”(《刘宾客嘉话录》)。然自宋代起,即有人对此表示怀疑。第一,“之问集中尽有好句,而希夷之句殊无可采,不知何事压杀用夺之?”(魏泰《临汉隐居诗话》)第二,“宋之问诗中未有涉及希夷处,之问是否为其舅父,亦甚可疑。”(傅璇琮《唐才子传校笺》第1册)

二、张若虚

张若虚(660?—720?),扬州人。曾官兖州兵曹,与贺知章、包融、张旭并以文辞俊秀知名,号“吴中四士”。

春江花月夜①

张若虚

春江潮水连海平,海上明月共潮生。
滟滟随波千万里,何处春江无月明?
江流宛转绕芳甸,月照花林皆似霰。
空里流霜不觉飞,汀上白沙看不见。
江天一色无纤尘,皎皎空中孤月轮。

【简注】

①春江花月夜:乐府“清商曲辞·吴声歌”旧题,创始于陈后主。原词已佚。今所见最早之《春江花月夜》,为隋炀帝所作,五言四句。

江畔何人初见月？江月何年初照人？
人生代代无穷已，江月年年望相似。
不知江月待何人？但见长江送流水。
白云一片去悠悠，青枫浦上不胜愁。
谁家今夜扁舟子？何处相思明月楼？
可怜楼上月徘徊，应照离人妆镜台。
玉户帘中卷不去，捣衣砧上拂还来。
此时相望不相闻，愿逐月华流照君。
鸿雁长飞光不度，鱼龙潜跃水成文。
昨夜闲潭梦落花，可怜春半不还家。
江水流春去欲尽，江潭落月复西斜。
斜月沉沉藏海雾，碣石②潇湘无限路。
不知乘月几人归？落月摇情③满江树。

【简注】
②碣石：在今河北昌黎北渤海边上，现已沉没。③摇情：摇荡情思。

【导读】

这首诗以“月”为中心意象，以月生、月到中天、月斜、月落为线索，描写了春江花月夜的纯净、灵动之美，描写了月光下的爱情，展开了关于宇宙人生的思考。全诗结构完整，语言清丽，在诗情画意中蕴含着丰富的哲理。

闻一多先生称这首诗：“有的是强烈的宇宙意识，被宇宙意识升华过的纯洁的爱情，又由爱情辐射出来的同情心。这是诗中的诗，顶峰上的顶峰。”“至于那一百年间梁陈隋唐四代宫廷所遗下的那份最黑暗的罪孽，有了《春江花月夜》这样一首宫体诗，不也就洗净了吗?”（《唐诗杂论·宫体诗的自赎》）

闻先生说这首诗“有的是强烈的宇宙意识”，体现了他作为诗人的独到眼光；但是他把这首诗当作是宫体诗，则与他自己对宫体诗的定义相矛盾。他说：“宫体诗就是宫廷的，或以宫廷为中心的艳情诗，它是个有历史性的名词，所以严格地讲，宫体诗又当指以梁简文帝为太子时的东宫及陈后主、隋炀帝、唐太宗等几个宫廷为中心的艳情诗。”可是张若虚这首诗，根本就不是一首“以宫廷为中心的艳情诗”。第一，它不以宫廷为中心；第二，它所写的不是艳情。第三，它既然不是宫体诗，也就不存在为“宫体诗”赎罪的问题。

闻先生还把卢照邻的《长安古意》、骆宾王的《帝京篇》、刘希夷的《代悲白头翁》等，都称作宫体诗，这种认知，与他对宫体诗的定义或者认知同样是矛盾的。不能因为这些作品声调谐美，某些词藻比较华丽，就说它是宫体诗。

三、陈子昂

陈子昂（659—700）字伯玉，梓州射洪（今属四川）人。唐人卢藏用《陈氏别传》：子昂“始以豪家子，驰侠使气，至年十八未知书。尝从博徒入乡学，慨然立志，因谢绝门客，专精坟典，数年之间，经史百家，罔不该览”。陈为文明元年（684）进士。光宅元年（684），诣阙上书，谏（高宗）灵驾入京，武后召见，奇其才，擢麟台（秘书省）正字，世称“陈正字”。以继母忧解官，服阕，拜右拾遗，故世称“陈拾遗”。曾两次从军边塞，一次在张掖，一次在幽州。

据《陈氏别传》：圣历初，“以父老，表乞罢职归侍。天子优之，听带官取给而归。遂于射洪西山构茅宇数十间，种树采药以为养”。会父丧，庐冢次，每哀痛，闻者为涕。“属本县令段简贪暴残忍，闻其家有财，乃附会文法，将欲害之。子昂慌惧，使家人纳钱二十万，而简意未已，数舆曳就吏。子昂素羸疾，又哀毁，杖不能起，外迫苛政，自度力气，恐不能全，因命蓍自筮，卦成，仰而号曰：‘天命不佑，吾其死矣！’”果死狱中。按岑仲勉、王运熙等提出不同意见，所谓“附会文法”，可能是武后之侄武承嗣、武三思以谋反之罪名，借段简之手加害之。此说可参考。

关于陈子昂在唐代诗坛上的地位，历来的评价都是很高的。元好问甚至讲："论诗若准平吴例，合著黄金铸子昂"（《论诗三十首》）。意思是说，陈子昂对于诗的贡献，可以和春秋时期协助越王勾践灭吴的范蠡相比。据《吴越春秋》载：范蠡协助越王勾践灭吴之后，功成身退，泛舟五湖。越王命金匠用良金铸了一尊范蠡的像，置于座侧，加以礼拜。

陈子昂到底做了些什么呢？第一，他在理论上提倡汉魏风骨，反对齐梁诗风。他在《与东方左史虬修竹篇序》中说："文章道弊五百年矣。汉魏风骨，晋宋莫传。然而文献有可征者。仆尝暇时观齐、梁间诗，采丽竞繁，而兴寄都绝。每以永叹。思古人，常恐逶迤颓靡，风雅不作，以耿耿也。"他认为好的诗，应该有"风骨"，有"兴寄"。所谓有"风骨"，就是要有强烈的政治功利色彩，要有干预社会现实的作用，同时要有刚健朴实的风格。所谓"兴寄"，就是要把自己的政治理想、社会主张等附着在诗的形象之上。说白了，就是用艺术形式来表达政治诉求。很显然，这是一套以儒家诗教为核心的复古主义的文学主张。这个主张有它的合理性，但是也有很大的片面性。因为文学的功能是多样的，而反映社会现实，表达政治诉求，只是它的功能之一。陈子昂把诗的这种政治功能强调到无以复加的地步，全盘否定齐梁以来的所有诗歌，在唐代诗坛上比任何人都要偏激。

第二，陈子昂通过自己的创作来实践自己的上述主张。他一连写了38首《感遇诗》。这些作品基本上都是把自己的带有浓厚儒家色彩的政治诉求简单地附着在形象之上，真正具有艺术感染力的作品并不多。

有人讲，"陈子昂的诗歌创作和理论主张影响了有唐一代。他对风骨的追求，他提出的诗美理想，对于唐诗的变革具有关键性的意义”（袁行霈主编《中国文学史》第二册）。事实上，唐诗的变革并不是从陈子昂才开始的。陈子昂的理论有些偏颇，他的《感遇诗》并不很成功。唐人好诗，并不是把政治诉求简单地附着在形象之上。也就是说，唐人好诗，并不是按照他这种路子写出来的。

陈子昂真正的好诗，是《登幽州台歌》，而不是《感遇诗》。也就是说，38 首《感遇诗》的价值，全部加起来，还不及一首四句 22 字的《登幽州台歌》。

登幽州台歌

陈子昂

前不见古人，后不见来者。

念天地之悠悠，独怆然而涕下。

【导读】

幽州台，即蓟北楼，故址在今北京市西南。武则天万岁通天元年（696），契丹陷营州，武攸宜奉命率军征讨，表陈子昂为参谋。攸宜轻率无将略，陈子昂屡谏不听，反被降为军曹。《陈氏别传》云：“子昂知不合，因钳默下列，但兼掌书记而已。因登蓟北楼，感昔乐生（毅）、燕昭之事，赋诗数首，用泫然流涕而歌。”

这首诗有两层意义。表层的意义，是因乐毅、燕昭之事，写怀才不遇之感；深层的意义，是由宇宙的无限想到人生之渺小，充满了孤独和无奈之感。

【小结】

讲完了刘希夷、张若虚、陈子昂的代表作之后，我就要来回答为什么把他们三人放在一起讲的理由了。

首先，我要讲讲什么是宇宙人生之思。何谓“宇宙”？“宇”，指无限空间；“宙”，指无限时间。“宇宙”是无限的，而人生是有限的。人在宇宙中是个什么样的存在？价值如何？意义如何？关于这一类的思考，便是宇宙人生之思。这种思考超越了对具体的、个别的现实问题的思考，带有普遍性和形而上的特点。因而是一种最有深度、广度的思考。由于这种思考不是从概念到概念，不是从形象到形象，而是一种形象思维和理性思维的结合，因此可以说是文学的一种最高境界。

过去讲初唐诗的人，普遍认为它的思想艺术价值不及盛唐，甚至不及中唐和晚唐，这是受了社会学乃至庸俗社会学的影响。他们认为文学是社会的反映。把社会问题反映得越广阔、越细致、越深刻，就越是好文学。其实文学有三个层次和功能。第一个层次，是反映社会问题，包括揭露上流社会的种种腐败，描写下层社会的种种苦难，抨击社会的种种不公平等等，体现的是社会认识功能；第二个层次，是表现人的内心世界，即表现人的喜怒哀乐惧恶欲等等，体现的是心理调适功能；第三个层次，是思考宇宙（时间和空间）问题，即思考人和宇宙的关系，体现的是哲学认知功能。但文学毕竟不是社会学，不是心理学，也不是哲学。文学的基本特质，在于它的形象性。文学只有用生动可感的、富有独创性的形象来反映社会问题，表现心理问题，思考哲学问题，才是有价值的文学；文学用生动可感的、富有独创性的形象，由对社会问题的反映，进入到对人心的体验，再上升到对宇宙问题的思考，这就是最好的文学。从这个意义上讲，初唐诗歌的价值应该是很高的，因为初唐的不少诗歌已经上升到对宇宙和人生之关系的思考这个层次了。

正是从这个意义上讲，我们推崇刘希夷的《代悲白头翁》，推崇张若虚的《春江花月夜》，推崇陈子昂的《登幽州台歌》。因为这些作品已经由对某些社会现实问题的思考，上升到对宇宙人生之关系的思考，也就是人在宇宙中的位置、价值和意义问题，可见它们已经达到文学的最高境界。

我们不太推崇陈子昂的那些向来为人们所称道的“感遇诗”，因为这些“感遇诗”所思考的只是君臣遇合问题，也就是人的社会价值的实现问题。这种思考虽然也有价值，但还不是最高的价值。而《登幽州台歌》则不一样，这首诗的表层意义是思考人的社会价值的实现，而它的深层意义则是宇宙人生问题，这才是文学的最高境界。

第四讲

山水田园诗派

现代的文学流派有这样几个要素：一是有自己的领袖人物或代表人物；二是有相同或相近的创作主张；三是有相同或相近的创作倾向，包括题材、审美风格等等；四是有或松散或紧密的社团组织；五是有或定期或不定期的组织活动；六是有自己的刊物。

古代的文学流派只有这样几个要素：一是有自己的领袖人物或代表人物；二是有定期或不定期的组织活动，古人称为“雅集”，或者“文酒之会”；三是有相同或相近的创作倾向，包括题材、审美风格等等。

中国古代的文学流派，至少是宋代以前的文学流派，和现代的文学流派相比，是一种宽泛意义上的文学流派。他们并没有自己的创作主张，也没有自己的社团组织（充其量只有一些不定期的聚会），更没有自己的刊物。他们之所以被后人视为某个流派，主要是就他们共同的创作倾向而言，包括共同的题材、审美风格等等。唐代的山水田园诗派就属于这种类型。

山水田园诗是中国古代诗歌的一个重要的题材类型。在东晋和晋宋之际，就出了两位山水田园诗的著名诗人，一个是以田园诗人著称的陶渊明，一个是以山水诗人著称的谢灵运，但他们那个时候还没有山水田园诗派。因为他们的追随者并不多，在诗坛上并没有形成气候。

至唐代，写山水田园诗的人就很多了。盛唐尤其多，知名诗人几乎都写过山水田园诗。而在这些诗人中，又以王维、孟浩然等人最为杰出。王维也写过边塞诗，而且写得很好，但是人们并不称他为边塞诗人，而称他为山水田园诗人。这是因为他在山水田园诗方面的成就和影响实在是太大了。

王、孟之外，储光羲、常建，以及中唐的韦应物也都是有影响的山水田园诗人。

李白、杜甫也写过许多山水诗，但很难把他们划入这一派，因为他们的题材很丰富，例如他们也写过许多边塞诗。如果我们把他们划入山水田园诗派，那么，我们是不是也可以把他们划入边塞诗派呢?

唐代山水田园诗派的兴起，有其独特的历史文化背景，以及诗人本身的原因。概括起来，有如下几点值得注意：

第一，山水田园诗派的思想基础是佛家思想，尤其是禅宗的思想。唐代是一个儒、释、道三教并举的时代，唐代的诗人除了受正统的儒家思想的影响，还在不同程度上受到佛教和道家思想的影响，像韩愈这样力排佛老的人毕竟是少数。唐代山水田园派诗人，如王维、孟浩然、常建、韦应物等，都受到佛家思想的影响，尤其是禅宗的影响。“禅宗讲体的自性，是言语道断、心行处灭的，藉着具体的物象，来表现难以言传的一点禅机。这是一种更深沉的影响，也是一种更为重要的影响。”山水田园诗中那种“空寂的境界，明净和平的趣味，淡泊而又深厚的含蕴，就是从这里来的”。①

---

① 参见袁行霈主编《中国文学史》第四编《绪论》。

第二，由于向往佛教尤其是禅宗的境界，加之仕途又不那么顺利，所以唐代的山水田园诗人都有隐逸山林的经历。例如王维隐于终南山、孟浩然隐于襄阳鹿门山、常建隐于鄂州西山、韦应物隐于长安西郊之善福寺精舍和苏州郊外之永定寺，所以山水田园诗人又称“隐逸诗人”。当然，这些人都不是“全隐居”。鲁迅先生讲：“非隐士的心目中的隐士，是声闻不彰、息影山林的人物。但这种人物，世间是不会知道的”（《且介亭杂文二集·隐士》）。王维的隐居，固然是受了佛教的影响，包括受了笃信佛教的母亲的影响，但是与他在仕途上的不如意也是有关系的。孟浩然的隐居，最初是受了襄阳地区隐逸文化传统的影响，而他后来的再次归隐鹿门，则与科举失意有关。常建、韦应物的隐居，也都与仕途不如意有关。

第三，隐居之地不仅有优美奇丽的山水，还有自己的田园、别墅或者庄园。例如陶渊明有自己的田园，所谓“方宅十余亩，草屋八九间。榆柳荫后园，桃李罗堂前”（《归田园居》）。谢灵运在始宁（今浙江上虞）有自己的别墅。唐代的山水田园诗人也是如此。王维有自己的“蓝田别墅”，孟浩然有自己的“南涧园”。常建曾经招王昌龄、张偾来西山和自己一道隐居，可见也是有自己的田园的，所谓“贫士任枯

槁，捕鱼清江滨。有时荷锄犁，旷野自耕耘”（《鄂渚招王昌龄张偾》）。韦应物虽然自称“家贫”，也曾“聊租二顷田，方课子孙耕”（《寓居永定精舍》）。鲁迅先生讲：“虽是渊明先生，也还略略有些生财之道在，要不然，他老人家不但没有酒喝，而且没有饭吃，早已在东篱旁边饿死了。”又讲：“汉唐以来，实际上入仕并不算鄙，隐居也不算高，而且也不算穷。必须欲隐而不得，这才看做士人的末路”（《隐士》）。所以，山水田园诗派的兴起是有一定的物质基础的。

第四，东晋以来的山水田园诗的传统，也影响了唐代山水田园诗派的形成。这个道理不用多讲。

需要说明的是，讲唐代的山水田园诗派，不能不讲讲张九龄这个人。虽然他并没有隐逸的经历，但是，他的为人和诗风，对这个流派是有影响的。这个影响体现在两个方面：

一是推荐、提携过王维，任用过孟浩然。王、孟一生的进退与张九龄是有关系的。

二是张九龄的诗风对王、孟等人是有影响的。明代胡应麟《诗薮·内编》卷二云：“张子寿首创清淡之派，盛唐继起，孟浩然、王维、储光羲、常建、韦应物本曲江之清淡，而益以风神者也。”

一、张九龄

张九龄（678—740），字子寿，祖籍韶州始兴，生于曲江（今属广东），七岁知属文。《传法正宗记》卷六《慧能尊者传》：“昔唐相始兴公张九龄为童，其家人携拜大鉴，大鉴抚其顶曰：‘此奇童也，必为国器。’”

张九龄是唐玄宗开元年间的贤相。他没有什么家庭背景，他能够做到宰相，是靠他的文才、学识，靠他手上的那支笔，当然，也与宰相诗人张说的提携和推荐有关。张说临死之前，唐玄宗问他，你走之后，谁可备顾问？张说答：张九龄可备顾问。于是，张九龄很快得到重用，56 岁任中书侍郎同中书门下平章事（宰相）。4 年之后，贬为荆州大都督府长史，63 岁在韶州曲江家中去世，谥“文献”，世称“张曲江”，著有《曲江集》20 卷。

张九龄一生事迹可圈可点者多。这里只介绍三点。

第一，主持开凿大庾岭路。唐玄宗开元四年（716），张九龄以左拾遗内供奉出使韶州，主持开凿大庾岭路。大庾岭就是从江西大庾（今大余）到广东南雄的那个山岭，也叫梅岭，这是从内地到岭南的一条交通要道。在此之前，大庾岭路只是一条羊肠小道，狭窄难行。我们知道，广州（番禺）在汉代，就是全国 19 个繁华都会之一，也是长江以南的两个繁华都会之一。在唐代，更是一个具有国际声誉的对外贸易港口。但是由于交通不便，广州的货物运到内地遇到重重困难。

张九龄给皇帝上表，希望能够开凿大庾岭路，得到批准，并让他以左拾遗内供奉出使韶州的身份，主持开凿大庾岭路。于是张九龄亲自勘察，亲自设计，亲自主持施工，然后利用农闲时间，动员附近的农民上山修路。不到一年，大庾岭路就开通了。大庾岭路开通之后，广州的货物就可以通过北江的支流浈江，然后越过大庾岭，进入赣江，再由长江、大运河转往全国各地。全国各地的货物也可以经过这一条国道运到浈昌（南雄），然后转水运，到达广州等地。

大庾岭路的开通，也为岭南和内地的文化交流提供了巨大的便利。内地官员来岭南，多是走大庾岭路。内地人移民岭南，多是通过大庾岭，在南雄的珠玑巷小作停留，然后再往珠江三角洲各地。如今许多珠三角的人，都说自己的祖先来自南雄珠玑巷。我们在南雄珠玑巷，可以看到许多珠三角的人，包括许多已经移民海外的珠三角人，在那里修的祠堂。珠玑巷的名气那么大，与大庾岭路的开通是有直接关系的。大庾岭路是一条物质通道，更是一条文化通道。明代的岭南学者丘浚在《唐丞相张文献公开凿大庾岭碑阴记》中写道："兹路既开，然后五岭以南之人才出矣，财货通矣，中朝之声教日逮矣，遐陬之风俗日变矣。公之功于是为大。"

关于张九龄主持开通大庾岭路的事，新、旧《唐书》等官修史书上都没有记载，只有张九龄的《开凿大庾路序》这篇文章有比较详细的介绍，如果不读这篇文章，就不知道他还做了这么一件善事。所以，我今天要给大家介绍一下。

第二，请诛安禄山。唐玄宗天宝十四年（755），"安史之乱"爆发。这场长达八年的内乱，彻底毁掉了"开天盛世"。

安禄山原是范阳节度使张守圭手下的一员偏将，因为不服从命令轻率用兵，结果损兵折将，罪当处死。张守圭把他押解到长安。张九龄批示："禄山不宜免死。"但是"玄宗惜其勇锐，但令免官，白衣效展。"张九龄又上《请诛安禄山疏》：说他"狼子野心，兽面逆毛。""形相已逆，肝胆多邪，稍纵不诛，终生大乱。"但唐玄宗不但不听，反而质问张九龄："卿岂以王夷甫识石勒，便臆断禄山难制耶？"①

结果安禄山不仅没有被处死，反而得到唐玄宗和杨贵妃的宠信。《安禄山事迹》载：

> 晚年益肥，腹垂过膝，自秤得三百五十斤。每朝见，玄宗戏之曰："朕适见卿腹几垂至地。"禄山每行，以肩膊左右抬挽其身，方能移步。玄宗每令作《胡旋舞》，其疾如风。
>
> 贵妃以绣绷子绷禄山，令内人以彩舆舁之，欢呼动地。玄宗使人问之，报云："贵妃与禄山作三日洗儿，洗了又绷禄山，是以欢笑。"玄宗就观之，大悦，因加赏赐贵妃洗儿金银钱物，极乐而罢。自是，宫中皆呼禄山为禄儿，不禁其出入。

再后来，安禄山竟身兼平卢、范阳、河东三镇节度使，相当于今天的三个大军区司令。天宝十四年冬十一月，安禄山打着诛杀杨国忠的旗号，从范阳起兵造反。唐玄宗后悔不已。《安禄山事迹》载：

---

① 姚汝能：《安禄山事迹》，上海古籍出版社，1983年版，第2页。

玄宗至蜀，追恨不从九龄之言，遣中使至曲江祭酹，其诰辞刻于白石山崖壁中。至建中元年十一月五日，德宗以九龄未睹先明，追赠司徒。

唐玄宗派人至曲江扫墓时，张九龄已经死了 16 年；唐德宗追赠司徒时，张九龄已经死了 40 年。如果当年唐玄宗听从张九龄的意见诛杀安禄山，这一场长达八年的大动乱就可以避免了。

第三，提携后进文士。张九龄提携的文士不在少数，而王维、孟浩然就在其中。王维于开元九年（721）中进士，为太乐丞，因伶人舞黄狮子而贬为济州司仓参军，开元十四年以后回到长安，一直闲居无事。直到开元二十三年（735），因张九龄的推荐，才出任右拾遗。张九龄贬荆州长史之后，王维写了一首《寄荆州张丞相》，诗云："所思竟何在？怅望深荆门。举世无相识，终身思旧恩。"由此可见他对张九龄是终生铭感的。孟浩然两次进京求仕都无果。张九龄为荆州长史后，他写过一首《临洞庭湖赠张丞相》，请求张的援助。张"署为从事"。由于张九龄的赏识，孟浩然才有了一次为人民服务的机会。

张九龄是著名的开元贤相，为人刚正不阿，深谋远虑，能诗善文，喜欢奖掖文士，又特别有风度。据说当时许多人向唐玄宗推荐人才，玄宗总要问："有九龄风度否？"意思是说，有张九龄的风度，我就用；没有张九龄的风度，我就不用。张九龄是一个标杆。如今在张九龄的家乡韶关市的曲江区，还有一条大马路，叫做"风度路"。2009 年，广东省召集一些专家评选"广东文化名片"，其中就有几位历史人物，但是没有张九龄。其实张九龄是广东第一位进士，第一位宰相，第一位有影响的诗人，是开元贤相，又是当时最有风度的人。张九龄才是真正的“广东文化名片”。

丘浚《唐丞相张文献公开凿大庾岭碑阴记》中说：

> 公之气节文章，治功相业，著在信史。百世共知。自公生后，五岭以南，山川闪闪有光气。士生是邦，北仕于中州不为海内士大夫所鄙夷者，以有公也。凡生岭海之间，与夫宦游于斯土者，经公所生之乡，行公所辟之路，而不知所以起敬起慕，其非夫哉！

丘浚是海南琼山人，进士出身，官至礼部侍郎，加太子太保兼文渊阁大学士。他的这番话，可以说是表达了岭南读书人的共同心声。广东有关部门找的那些专家，选“广东文化名片”而不选张九龄，说明他们既不懂张九龄，也不懂什么叫做“文化名片”。所谓“经公所生之乡，行公所辟之路，而不知所以起敬起慕，其非夫哉！”

张九龄被称为“岭南诗宗”，也可以说是唐代山水田园诗派的开山人物。他写过不少山水诗，较知名的如《湖口望庐山瀑布水》：

> 万丈红泉落，迢迢半紫氛。
> 奔流下杂树，洒落出重云。
> 日照虹霓似，天清风雨闻。
> 灵山多秀色，空水共氤氲。

这首诗气势磅礴，色彩绚丽，几乎可以说是李白《望庐山瀑布》的前身了。

当然，他最有名的作品，还是《望月怀远》。

望月怀远

张九龄

海上生明月，天涯共此时。
情人怨遥夜，竟夕起相思。
灭烛怜光满，披衣觉露滋。
不堪[1]盈手赠[2]，还寝梦佳期。

【简注】

①“不堪”：不能。②“不堪”句：晋代陆机《拟明月何皎皎》：“照之有余辉，揽之不盈手”。

【导读】

首联起句，点明题中的“望月”。看似平淡无奇，但意境雄浑阔大，实为千古佳句。对句由景入情，转入“怀远”；颔联，因“月”而“相思”，因“相思”而“竟夕”，因“竟夕”而“怨”；颈联，细致而巧妙地写望月。出句写室内望月，见月之可爱。对句写室外望月，见望月之久。尾联写求之梦寐。

这个作品和前一首不同。前一首绚丽，这一首清淡，是其本色。

二、孟浩然

孟浩然（689—740），襄州襄阳（今湖北襄阳）人。他是唐代山水田园诗派的代表人物，与王维齐名，并称“王孟”，但是年纪比王维大11岁。

《旧唐书》的《文苑传》，《新唐书》的《文艺传》，还有辛文房的《唐才子传》，都说他“隐鹿门山”。这个“鹿门山”，就在襄阳城的东南，也就是东汉末年庞公的栖隐之处。襄阳这个地方出隐士。东汉末年，徐庶、石韬、司马徽、黄承彦、崔州平、诸葛亮等都曾隐居在这一带。这个地方具有隐逸文化的传统。孟浩然隐居鹿门山，可以说是步武前贤。

关于孟浩然的生平，有以下几个问题值得注意：

第一，他的居处除了鹿门山，还有南涧园。历来人们都说孟浩然隐居襄阳鹿门山，其实在襄阳城外，他还有一处祖业，叫做“涧南园”。他的《涧南即事贻皎上人》写到：

弊庐在郭外，素业唯田园。
左右林野旷，不闻朝市喧。
钓竿垂北涧，樵唱入南轩。
书取幽栖事，还寻静者论。

可见他在襄阳的居所并非鹿门山一处。

第二，孟浩然并非一辈子隐居，40 岁时曾到长安应试求官。他一生的足迹也比较广，他曾南游江、湘，北去幽州，甚至还一度寓居洛阳，游历越中。

开元十六年（728），40 岁的孟浩然第一次到长安，结交王维、张九龄等人。次年赋秘省，他以“微云渡河汉，疏雨滴梧桐”一联名动京师，但最后却不幸落第。《新唐书·文艺传》记载说：

> （王）维私邀入内署，俄而玄宗至，浩然匿床下，维以实对。帝喜曰：‘朕闻其人而未见也。何惧而匿？’诏浩然出。帝问其诗，浩然再拜，自诵所为，至‘不才明主弃，多病故人疏’之句，帝曰：‘卿不求仕，而朕未尝弃卿，奈何诬我？’因放还。

《唐摭言》、《唐才子传》都有类似记载，传播很广，影响很大。这条记载有这样几个漏洞：

首先，孟浩然 40 岁至长安，按他的出生年推算，应该是在开元十六年（728）。这个时候的王维虽在长安，但是并未居官，直到开元二十三年（735）三月，才因张九龄之荐，出任右拾遗。

其次，即便王维居官，也不可能冒犯禁令而私招孟浩然于内署，因为孟浩然只是一介布衣，布衣是不可以私入宫禁的。

再次，孟浩然既入宫禁，又冒犯了皇帝，皇帝不可能仅以“放还”了之，按律应该治罪。

最后，王维的官阶很低，一个拾遗也不过八品，相当于现在一个处级干部，皇帝作为国家领导人，驾临其所的可能性似乎不大。

不过，这个说法虽然在细节上经不住推敲，但是，它之所以能产生，能被正史记载，能广泛流传开来，说明它在“基本事实”这个层面上还是真实的。毕竟孟浩然到过长安，毕竟与王维是好朋友，毕竟没有考中进士，毕竟没有求到官，毕竟回到了襄阳。这些“基本事实”还是真实的。原诗如下：

岁暮归南山

孟浩然

北阙休上书，南山归敝庐。
不才明主弃，多病故人疏。
白发催年老，青阳逼岁除。
永怀愁不寐，松月夜窗虚。

孟浩然进士不第，求官不成的根本原因是什么？不是他没有学识，没有才华，而是因为没有过硬的关系。用他的话来讲，就是“当路无人”。用现在的话来讲，就是上面没人。所以他最终还是选择了隐居。

第三，孟浩然45岁时曾第二次到长安求官。孟浩然于开元十六年到长安求官失败，五年之后，即开元二十一年（733），又到过一次长安。这一次是应韩朝宗之约。韩当时任荆州大都督府长史兼判襄州刺史、山南东道采访处置使，名声很大。李白讲：“生不用封万户侯，但愿一识韩荆州。”这个“韩荆州”就是指韩朝宗。据王士源《孟浩然集序》：

山南采访使本郡守昌黎韩朝宗，谓浩然间代清律，置诸周行，必咏穆如之颂，因入秦，与偕行。先扬于朝，与期，约日引谒。及期，浩然会僚友文酒，讲好甚适，或曰："子与韩公预诺而怠之，无乃不可乎?"浩然叱曰："仆已饮矣，身行乐耳，遑恤其它!"遂毕席不赴，由是间罢。既而浩然亦不之悔也，其好乐忘名如此。

《新唐书·文艺传》亦载有此事。

由此可见，孟浩然是一个有真性情的人，他虽然也有功名之念，但是如何获取功名，他并不是很上心的。在他看来，"行乐"是第一位的，求官才是第二位的，怎么能够为了求官而放弃与朋友饮酒行乐的机会呢?

第四，孟浩然并非"终生布衣"，他做过张九龄的幕僚。开元二十五年（737），张九龄罢相，贬为荆州大都督府长史，也就是当年韩朝宗做的那个官。张九龄到荆州之后，聘孟浩然为"从事"，也就是他的幕僚。

唐代开元年间的荆州只管七个县，地盘比今天的荆州还要小，只相当于今天的半个荆州。孟浩然作为一个从事，相当于今天的荆州市人民政府办公室的一个小公务员。这是孟浩然一生当中唯一的一次做官。有人说孟浩然"终生布衣"，这个说法不确。

需要说明的是，孟浩然在荆州幕府的时间并不长，不久就因病辞职，回家养病。张九龄任荆州长史的时间也不长，开元二十七年（739）回到曲江老家，第二年就去世了。

第五，孟浩然死于酒。开元二十七年，王昌龄贬官岭南，次年八年（740）北归，游襄阳，探望孟浩然。"时浩然疾疹发背，且愈，相得甚欢，浪情宴谑，食鲜疾动，终于冶城南园（即涧南园），年五十有二”（王士源《孟浩然集序》）。

这个记载再次说明，孟浩然是一个性情中人。

孟浩然在盛唐的诗坛有很高的地位。王士源《孟浩然集序》说孟浩然的五言诗，“天下称其尽美。”李白是一个自视极高的人，杜甫写了那么多诗赞美他，他写给杜甫的诗，却没有赞美之词，只是叙友谊而已。但是，他对孟浩然却极为推崇和爱慕。其《赠孟浩然》云：“吾爱孟夫子，风流天下闻。红颜弃轩冕，白首卧松云。醉月频中圣，迷花不事君。高山安可仰，徒此揖清芬。”

临洞庭

孟浩然

八月湖水平，涵虚混太清。
气蒸云梦泽，波撼岳阳城。
欲济无舟楫，端居耻圣明。
坐观垂钓者，徒有羡鱼情。

【导读】

开元二十五年（737），张九龄罢相，以尚书右丞贬荆州长史。是年秋，孟浩然游荆州，呈此诗向张九龄吐露心曲。作品前半部分写洞庭湖的壮观景象，可以作山水诗来看。后半部分写求仕不得的隐衷，可以作干谒诗来看。但孟本是个脸皮很薄的人，干谒也很含蓄，很委婉。

关于这首诗，有人说是写给张说的。我们不采纳这个意见。

春 晓

孟浩然

春眠不觉晓，处处闻啼鸟。
夜来风雨声，花落知多少。

【导读】

“春眠不觉晓”这一句，说明睡眠的质量很高。“处处闻啼鸟”，是指醒来之后才听到早晨的鸟叫。因为听到鸟叫的声音，才联想到晚上似乎听到过“风雨声”。这是由一种声音联想到另一种声音，是一种很自然的联想。但晚上的感觉是朦朦胧胧的，并没有完全醒来，意识并不清楚，所以不可能意识

到“花落知多少”。如果晚上就意识到“花落知多少”，那就说明睡眠的质量不高，“春眠不觉晓”这一句就落空了。

“花落知多少”是一句推测之词，并不能确定究竟花落了多少，因为实际上并没有看见，作者只是由“处处闻啼鸟”而联想到“夜来风雨声”，由“夜来风雨声”联想到“花落知多少”。实际上作者这个时候在哪里呢？还在床上。

这首诗看似平淡，其实内涵很丰富。第一，它表明诗人的睡眠质量很高。睡眠质量很高的人，就是幸福指数很高的人。

第二，它流露了一种惜花的情绪。惜花就是惜春，惜春就是惜时，惜时就是惜生命。所以作品流露的惜花情绪，实际上是一种可贵的生命意识。

作品的语言很自然，但是构思并不简单，它并不是平铺直叙，而是用了插叙的手法。由早晨的“鸟声”联想到晚上的“风雨声”，再由晚上的“风雨声”联想到“花落”，它的时间关系是跳跃的，意象是跳跃的，是靠两次联想衔接起来的。

前人讲孟浩然的诗“语淡而味终不薄”。何以见得“味终不薄”？这是需要体会的。不可以匆匆读过。

过故人庄

孟浩然

故人具鸡黍[①]，邀我至田家。
绿树村边合，青山郭外斜[②]。
开轩[③]面场圃[④]，把酒话桑麻[⑤]。
待到重阳日，还[⑥]来就[⑦]菊花。

【简注】

①黍：又叫“黍子”、“糜子”、“稷”。“稷”是不黏的，黍是黏的。自《诗经》时代至唐宋时代，黍都是中国人的主食。《诗经·王风·黍离》：“彼黍离离，彼稷之苗。”黍为谷类，一年生，六月开花，七月结实，八月收获；不耐霜，耐旱；去皮之后，米呈黄色，所以又叫“黄米”；可食用，也可酿酒。孔子认为：黍为五谷之先。②斜：今读 xié，旧读 xiá。③轩：有窗的廊子或者小屋子。这里指窗户。④场圃：场是禾场，打谷场。圃是菜园子。在有的地方，夏秋时把它作打谷场，冬春时把它作菜园子，一物两用，合理、高效地利用土地。⑤桑麻：泛指农作物。桑：桑树；麻：苎（zhù）麻。桑叶养蚕，蚕丝和苎麻的纤维都是纺织品的重要原料。陶渊明《归田园居》：“相见无杂言，但道桑麻长。”⑥还：读 huán，返回原来的地方。还家、还乡，等等，均此意。不读 hái，hái 是副词的读音。⑦就：就近，此为观赏之意。重阳赏菊，是一个传统。古代文人常以菊花象征隐逸者。陶渊明《饮酒》：“采菊东篱下，悠然见南山。”

【导读】

沈德潜《唐诗别裁》评孟浩然诗："语淡而味终不薄。"即语言平淡，而韵味淳厚。全诗的语言是平淡的，没有一个夸张的句子，没有一个令人兴奋的词语。用闻一多的话来讲，是"淡到看不见诗"。这和多数诗人的做法不一样。多数诗人写诗都喜欢追求语言的"陌生化"，达到"一语惊人"的效果。像杜甫、韩愈、李贺等人就不用说了，即使是其他一些诗人，也或多或少、自觉不自觉地追求这种效果。孟浩然的诗不是这样。他的语言是平淡的、自然的、省净的，不渲染，不夸张，不做作，但是非常有韵味。

这首诗的韵味就包含在这种平淡的语言里，需要体会。它的韵味主要是什么呢？在我看来，就是通过写人与人的关系，人与自然的关系，体现了一种"和谐"的美。

一是人与人之间关系的和谐。具体来讲，也就是"我"和"故人"之间的关系的和谐。这种和谐关系，可以从这样几个方面来看。

第一，谁请我？"故人"请我。

第二，我去不去？"邀"我即"至"，不拖延。

第三，如何去？"我"一人去，不兴师动众摆排场。

第四，在哪吃？"开轩面场圃。"

第五，吃什么？自家的"鸡"和"黍"。

第六，吃饭时说什么？"话桑麻"。

第七，吃过之后还去不去？"还来就菊花。"

二是人与自然之间关系的和谐。

这首诗有两句写到自然环境，即“绿树村边合，青山郭外斜”。

“郭”是城郭，古代在城的外围再筑一道城墙，就叫“郭”。孟浩然的“故人”所居住的村庄，是一个绿树环抱的村庄，不是村边上有几棵树，而是绿树环抱，所以叫“合”。“合”就是合围，绿树合围，就是绿树环抱。可见这个村庄的自然环境很好，绿化率很高，空气自然也很清新。用现在的话来讲，是一个“最适宜人类居住的环境”。离村庄不远的地方，就是城郭。城郭的外围，有一道青山。青山是蜿蜒起伏的，是一道曲线，不是一道直线，所以叫“斜”。“斜”，体现了它的曲线美。村庄是绿树环抱，城市是青山相依，可见村庄和城市的自然环境和地理位置都很好。村庄坐落在平原，又远接青山，近邻城廓，既令人感到清幽，又不觉得孤僻。孟浩然的“故人”居住在这样一个村庄里，既避开了城市的喧嚣，又没有世外桃源似的孤单。

孟浩然就喜欢这样的居住环境。他自己居住的地方也是这样。鹿门山就不用说了，且看他的祖业“涧南园”：

弊庐在郭外，素业唯田园。
左右林野旷，不闻城市喧。

——《涧南园即事贻皎上人》

孟浩然一生淡泊功名，住的环境又好，吃的又是绿色食品，所以身心和谐、健康。唐代王士源《孟浩然集序》称他“骨貌淑清，风神散朗”；“救患释纷，以立义表”；“灌蔬艺竹，以全高尚”。乐于帮助人，内心里又很淡泊；热爱劳动，吃、住、行又比较简单。所以健康，像神仙。

孟浩然的死是一个意外。

三、王维

王维（701—761），字摩诘，祖籍太原，生于蒲州（今山西永济），九岁能写作。长于草书和隶书，在音乐上有很高的造诣，深受唐睿宗之子岐王李范的器重。

在唐代诗史上，李白被称为“诗仙”，杜甫被称为“诗圣”，王维被称为“诗佛”，李贺被称为“诗鬼”。

关于王维的生平，有四件事情需要讲一讲。

一是举进士。《唐才子传》载：

> 维将应举，岐王谓曰：“子诗清越者，可录数篇，琵琶新声，能度一曲，同诣九公主第。”维如其言。是日，诸伶拥维独奏，主问何名，曰：“《郁轮袍》。”因出诗卷，主曰：“皆我习讽，谓是古作，乃子之佳制乎？”延于上座，曰：“京兆得此生为解头，荣哉！”力荐之。

这一条记载未必真实。王维举进士在开元九年（721），而所谓九公主，盖指睿宗第九女玉真公主，此人早于太极元年（712）就入道，做了道姑。但基本事实当是真实的。唐代的科举考试制度还不完善，一个人能不能中进士，除了自己是不是有才学，还要看有没有得力的人推荐，孟浩然、杜甫的遭遇就说明了这一点。

二是与张九龄的关系。王维开元九年中进士，为太乐丞，当年即因伶人舞黄狮子事贬为济州（治所在今山东仕平西南）司仓参军。开元十四年离任。张九龄为相，王维献《上张令公》求汲引。开元二十三年（735）三月，因张九龄的推荐，出任右拾遗；二十五年（737），迁监察御史。同年，张九龄罢相。

三是笃志奉佛，半官半隐。王维自从开元十四年济州参军任满之后，即过着半官半隐的生活。先后隐居淇上、嵩山和终南山等地。

王维笃志奉佛，约始于30岁。《唐才子传》称他：

> 笃志奉佛，蔬食素衣。丧妻不再娶，孤居三十年。

大约43岁时，即天宝三载（744年），王维买下宋之问的辋川别墅。《唐才子传》载：

> 别墅在蓝田县辋川，亭馆相望。尝自写其景物奇胜，日与文士丘丹、裴迪、崔兴宗游览赋诗，琴樽自乐。后表宅请以为寺。

《旧唐书》卷一九〇《文苑传》下：

维弟兄俱奉佛，居常蔬食，不茹荤血，晚年长斋，不衣文彩……在京师，日饭十数僧，以玄谈为乐。斋中无所有，唯茶铛、药臼、经案、绳床而已。退朝之后，焚香独坐，以禅诵为事。

王维信佛，有三个原因。一是时代的影响，二是他母亲的影响，三是仕途的影响。

四是“安史之乱”中被迫接受伪职。《新唐书》卷二〇二《文艺传》中：

安禄山反，玄宗西狩，维为贼得，以药下痢，阳喑（yīn）。禄山素知其才，迎置洛阳，迫为给事中。禄山大宴凝碧池，悉召梨园诸工合乐，诸工皆泣。维闻悲甚，赋诗悼痛（按诗云：“万户伤心生野烟，百官何日再朝天？秋槐花落空宫里，凝碧池头奏管弦。”）贼平，皆下狱，或以诗闻行在。时缙位已显，请削官赎维罪，肃宗亦自怜之，下迁太子中允。

这个记载有一个地方不符合事实。王维自己在《大唐故临汝郡太守赠秘书监京兆韦公神道碑》一文中介绍：

伪疾将遁，以猜见囚。勺饮不入者一旬，秽溺不离者十月，白刃临者四至，赤棒守者五人。刀环筑口，戟枝叉头，缚送贼庭，实赖天幸，上帝不降罪疾，逆贼恫瘝在身，无暇戮人，自忧为厉。公哀予微节，私予以诚，推食饭我，致馆休我。

可见王维在安禄山那里吃了许多苦，还坐过牢。

王维免罪的原因，大抵有三：一是《凝碧池》一诗闻于行在，肃宗嘉之；二是其弟王缙请削己官以赎兄罪；三是为宰相崔圆绘斋壁，得其救解。

王维官至尚书右丞，故世称“王右丞”。

王维在诗歌、绘画、书法、音乐、禅宗诸多方面都有很高的造诣。《唐才子传》称：

维诗入妙品上上，画思亦然……自为诗云：“当代谬词客，前身应画师。”……后人评维“诗中有画，画中有诗”，信哉！

使至塞上

王维

单车欲问边，属国过居延①。
征蓬出汉塞，归雁入胡天。
大漠孤烟直，长河落日圆。
萧关②逢候骑，都护在燕然。③

【简注】
①“属国”句：经过属国居延。居延：地名，在今内蒙古境内。一说，属国，即典属国（秦汉官名）的省称，代指使臣。②萧关：故址在今宁夏固原东南，是中原通往塞北的要道。③燕然：山名，即今蒙古共和国境内的杭爱山。此用东汉窦宪故事。

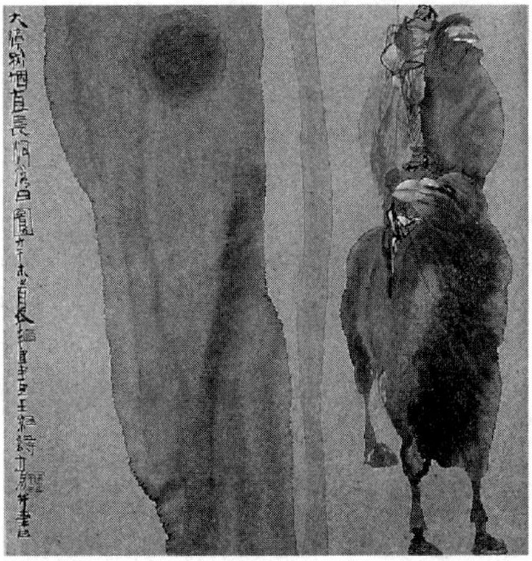

【导读】

开元二十五年（737），河西副节度使崔希逸战胜吐蕃，王维时任监察御史，奉命出塞劳军。作品描写了边塞地区开阔壮丽之景，表现了王维的用世热情与豪迈气概，尤其是第三联，非常壮美，历来为人们所称颂。

观　猎

王维

风劲角弓鸣，将军猎渭城。
草枯鹰眼疾，雪尽马蹄轻。
忽过新丰市，还归细柳营。
回看射雕处，千里暮云平。

【简注】

①渭城：在今咸阳市东北，本秦都咸阳，汉武帝时改为渭城，东汉并入长安县。②新丰：故址在今陕西临潼城东之新丰镇。③细柳营：故址在今咸阳西南，汉代名将周亚夫驻军处。

【导读】

这是王维早期的作品。场面既壮阔，又富有动感。他写的这位将军，不知姓甚名谁，但射猎的本领很高，为人也很豪迈洒脱。这一点，通过“忽过新丰市”一句可以看出。新丰多游侠。王维《少年行》：“新丰美酒斗十千，咸阳游侠多少年。相适意气为君饮，系马高楼垂柳边。”同时，此人治军也很严明，通过“还归细柳营”可以看出。汉代名将周亚夫驻军细柳营，治军严明，任何人不得随便进入，连汉文帝来了都被挡在营外。

早期的王维是一个有进取精神的人，也是一个深富感情的人。例如，下面这三首脍炙人口的作品：

九月九日忆山东兄弟

王维

独在异乡为异客，每逢佳节倍思亲。

遥知兄弟登高处，遍插茱萸少一人。

【导读】

这一首诗写亲情。九月九日登高，是一个由来已久的民俗活动，也是一个亲人团聚的日子。像这样的题材，写的人实在很多，要出新意并不容易。但是这首诗的写法很别致，他不但写自己思亲，也写兄弟们思念自己，所谓“心已神驰到彼，诗从对面飞来”（浦起龙《读杜心解》评杜甫《月夜》语），比单纯地写自己思亲的效果要好得多。

送元二使安西[1]

王维

渭城朝雨浥轻尘，客舍青青柳色新。

劝君更尽一杯酒，西出阳关无故人。

【简注】

①安西：唐都护府名，治所在今新疆库车县。

【导读】

这一首诗写友情。他的写法很别致，属于后来吴世昌先生所讲的“西窗剪烛型”，即由当下想到将来，空间变了，时间也变了。

因为“朝雨”，所以“柳色青青”；古人有折柳送别的习俗，这就很自然地过渡到三、四两句的送别。而最后的“西出阳关”，又与开头的“浥轻尘”相绾合。全诗结构绵密，笔下流畅。

何谓“阳关三叠”？有多种说法，当以沈括《梦溪笔谈》所说的为准，即第一句唱一遍，第二、三、四句各唱两遍。白居易《对酒》诗有“听唱阳关第四声”，即第三句：“劝君更尽一杯酒”。

相　思

王维

红豆[1]生南国，春来发几枝。

愿君多采撷，此物最相思。

【简注】

①红豆：即相思木所结之子，实成荚，子粒大小如豌豆，色鲜红而首黑。红豆又名相思子，古人以之比喻爱情。

【导读】

此诗托物寄情，构思精巧，意韵绵长，是淡笔写浓情的经典之作。据唐代范摅《云溪友议》载："明皇幸岷山，百官皆窜辱，李龟年奔泊江南，曾于湘中采访使筵上唱'红豆生南国'，又曰'清风明月苦相思'。此辞皆王右丞所制，至今梨园唱焉。歌阕，合坐莫不望南幸而惨然。"可知此诗作于"安史之乱"以前。

作品本来是写爱情的，但人们用它来寄托对唐明皇的思念。这是文学作品在传播接受过程中常见的现象，即"作者未必然，读者未必不然"（谭献语）之谓也。

终南山

王维

太乙①近天都，连山到海隅。
白云回望合，青霭入看无。
分野②中峰变，阴晴众壑殊。
欲投人处宿，隔水问樵夫。

【简注】
①太乙：终南山的主峰。②分野：古人将天上的星宿与地上的州郡相对应来划分其隶属关系。中峰即太乙，山北为雍州，星属井、鬼；山南为梁州，星属翼、轸。

【导读】

这首诗，当是王维隐居终南山后的作品。首联出句写终南山之高，对句写终南山之长，颔联、颈联写终南山之广大，景象奇特，风格壮美，非亲历其境者不会有此独特感受。结尾一联，可谓大中有小，静中有动，壮美中含优美。

山居秋暝

王维

空山新雨后，天气晚来秋。
明月松间照，清泉石上流。
竹喧归浣女，莲动下渔舟。
随意春芳歇，王孙自可留[1]。

【简注】
①“王孙”句：《楚辞·招隐士》：“王孙兮归来，山中兮不可久留。”

【导读】

这是王维写山水的名作。这里的“山”，应该是指终南山。作品写山居时的所见、所闻、所感。第二联，先写视觉，再视觉、听觉合写；第三联，先视觉、听觉合写，再写视觉，整饬中有变化。

鹿　柴[1]

王维

空山不见人，但闻人语响。
返景入深林，复照青苔上。

【简注】
①鹿柴：辋川别业之一景。柴（zhài），用于防守的栅栏。

【导读】

首两句写声音的效果，结尾两句写光的效果，均从静中得来。这正是禅宗的境界。

竹里馆[1]

王维

独坐幽篁[2]里，弹琴复长啸。

深林人不知，明月来相照。

【简注】

①竹里馆：亦为辋川别业之一景。②幽篁：深邃幽暗的竹林。《楚辞·山鬼》："余处幽篁兮终不见天，路险难兮独后来。"

【导读】

此即为隐者的生活，与世疏离，自得其乐，唯有明月、古琴相伴。这种空明的境界和宁静之美所体现的正是禅宗的意趣。

需要补充的是，王维并非辞官归隐，而是亦官亦隐。看似不彻底，实则在大、小隐之间。古语：大隐隐于朝，中隐隐于市，小隐隐于野。

四、常建

常建，两《唐书》无传，生卒、籍贯、字号均不详。观其所作之诗，多言江南居止，其籍贯似在长江中下游一带。开元十五年（727），他与王昌龄同榜登科，曾任县尉，不如意，后隐于鄂渚西山（今湖北鄂州市境内）。他的诗多写山水田园风光和隐逸之趣，意境恬淡，语言清新，为时人所重。常建卒于天宝末、至德初。

题破山寺后禅院

常建

清晨入古寺[①]，初日照高林。
曲径通幽处，禅房[②]花木深。
山光悦鸟性，潭影空人心[③]。
万籁[④]此都寂，但馀钟磬音。

【简注】
①破山寺：即兴福寺，在今江苏常熟虞山北麓，始建于南朝齐时，唐咸通九年（868）赐额为“破山兴福寺”。破山，即虞山。②禅房：后禅院中僧人住房。③空：涤除、净滤之意。人心：尘世之想。④万籁：自然界的各种声响。

【导读】

此为题壁诗。作者借咏禅寺幽静之景，抒发隐逸闲适之情。“曲径”一联，尤为人所称道。

【小结】

一、山水田园诗的特点

1. 和谐的关系。

2. 恬静的心境。

3. 优美的风格。

二、山水田园诗体现了“天人合一”之境

中国哲学所推崇的最高境界：“天人合一”。“天”，就是“自然”；“人”，就是“人文”。“自然”与“人文”是一体的，人只是自然的一部分，人不能超越自然而存在，更不可能成为自然的主宰。

在西方，自苏格拉底之后，“学者”变成了“智者”，哲学的核心问题，也由对宇宙、对自然本原的探讨变为对人世间的道德伦理和科学知识的研究。在柏拉图那里，自然界与精神世界已经成了两个相互分离、相互对立的世界，物质与精神、身体与灵魂、本质与现象、形式与内容、个性与共性这一类的二元对立的思维模式已经形成。亚里士多德则进一步在形而上学、形式逻辑、科学分类诸领域为西方的理性主义、科学主义思想奠定了牢固的基础。到了近代，在西方的主流哲学家如培根、笛卡儿等人的著作中，自然已经被彻底地物质化、实体化，成为人类之外的、与人类相对立的一个“客观世界”，一种为人类提供福利的资源，一台遵循所谓客观规律运转的机器，人类的福利就建立在理性对自然的抗争上。而人类则是世界的中心，是自然的主宰，对自然拥有绝对权力。

简要地讲，在中国古代哲学里，“人”和“自然”是同一的，人是自然的一分子。在西方哲学里，“人”和“自然”是对立的，人是自然的主宰。

中国古代的文学也是“与天地并生”的。刘勰《文心雕龙·原道》：“文之为德也大矣，与天地并生者何哉?”与“天地并生的”的境界，就是“天人合一”的境界。

就古典诗歌来讲，它与自然的关系似乎更为密切。刘勰《文心雕龙·明诗》：“人禀七情，应物斯感。感物吟志，莫非自然。”钟嵘《诗品序》：“气之动物，物之感人，故摇荡性情，形诸舞咏。”这里所说的“物”，就是“自然”；这里所说的“感”，就是直接体验。“应物斯感”，“感物吟志”，没有“自然”就没有诗，诗是人对自然界直接体验的结果，诗和“自然”是合二而一的。这是中国古典诗歌的“天人合一”的传统。

尤其是山水田园诗的传统，这是现代工业社会的诗歌所不及的。

三、当代中、西方人士对待自然的态度

20 世纪以来，中国人对待自然的态度发生了根本的变化。人们把自然当做可以与主观世界对立的客观世界，强调“改造自然”，“人定胜天”，做了许多违背自然规律的事，同时也不断地遭到自然的报复。

当代一些西方学者对待自然的态度也发生了根本的变化。他们不再把自然和人类社会对立起来。对于中国古代的“天人合一”的哲学传统，他们反而比我们中国人看得更清楚。英国化学家、科学史家李约瑟（1900—1995）在《中国科学技术史》一书里讲道：

> 我们可以觉察到，《庄子》的某些章节也涉及了科学与自然之间的冲突，它使我们想起现代流行的话题——科学与社会福利之间的关系。这些寓言故事和虚构的对话明确地暗示：运用科学来为人类造福是不成熟的做法；对儒家来说，如果他想利用知识来提高人类的生活条件，他会首先皈依道家，投身对自然的聆听。在不理解自然的情况下拯救人类是不可能的。

李约瑟在引用了《庄子》第十一章中黄帝和广成子的一段对话之后，指出：

> 广成子怒斥黄帝，是因为黄帝对自然的态度过于浮躁，他只想从事物的物质性表象的碎片中获取即时利益。广成子指出，对人类社会有益的唯一方法就是返回自然，阐明自然之本性。黄帝对待自然的态

度和那些贪婪的自然的掠夺者非常相似，他们既没有耐心等到云中的水汽自然累积而降雨，或庄稼的自然成熟，也没有耐心观察而后应用自然之本性。请记住，当今人类所了解的有关土壤保护、自然保护的知识和人类所拥有的一切关于自然和应用科学之间的正确关系的经验，都包含在《庄子》的这个章节中，这一章，和庄子所写的其他文字一样，看起来是如此深刻，如此富有预见性。

西方学者认识到，现代工业社会已经剥夺了人对自然界的直接体验，使人们远离了事物的原生态。

美国环境学家杰里·德曼（1936—）在《神圣的缺席》（张春美译）一书中说：

（在美国），自然环境已大多为人工所取代。从视觉、听觉、触觉、味觉、嗅觉等诸多角度来看，我们所体验和理解的世界已经被人类加工处理过了。我们对世界的体验再也称不上是直接或者本源的了，而是间接的……我们居住于城市中，人与地球的直接体验就无从谈起了。事实上，所有的体验可以说都是间接的。水泥地覆盖了一切原本可以从土壤里生长出来的生物；建筑物遮住了自然美景；我们的饮用水是从水龙头里流出来的，而不是来自溪流或蓝天；所有植被也被人类的思维所局限、被人类按其品味任意改变；野生动物消失殆尽，多石地带不见了踪影，花开花落的反复循环也不复存在，甚至连昼夜也无法区分。

这就是工业社会的生活环境。在这样的环境下产生的诗歌，是没有什么自然属性可言的。

四、我们现在所面临的问题

一是环境受到严重破坏，二是道德水平严重下降。

所谓道德水平严重下降，也就是讲人与人之间的关系越来越不诚实，越来越冷漠，越来越复杂，越来越紧张。

五、山水田园诗的现代价值

治理环境问题，需要拥有可持续发展的眼光，即生态学的眼光。

生态学的首要法则就是“万物相互关联”，美国当代生态批评家威廉·鲁科特指出：

> 生态学的首要法则，适用于自然，同样也适用于诗歌。

“万物相互关联”的观点就是“天人合一”的观点，即“整体意识”。

美国哲学家欧文·拉兹洛认为：

> 诗歌能有力地帮助

人们恢复已经丧失的整体意识。所有伟大艺术也一样：美学经验使我们感觉与我们同在的人类，感觉与自然合而为一。

中国古代的山水田园诗能够起到的作用，就是帮助我们恢复对于原生态的大自然的记忆，帮助我们恢复对于真诚的、热情的、单纯的、质朴的人际关系的记忆。

由于山水田园诗首先是一种感性的存在，是一种独特的审美形态，是一种独特的艺术，所以这种恢复首先就是一种感性的过程，一种审美的过程，一种艺术欣赏的过程。山水田园诗既能帮助我们恢复美好的记忆，又能给我们以美的享受。

第五讲

边塞诗派

在唐代诗坛，与山水田园诗派相对应的另一重要流派是边塞诗派。边塞诗派的诗人以盛唐诗人为主体，也有中唐诗人。这种情形也和山水田园诗派一样。

唐代边塞诗派兴起的原因：

第一，国家在军事上强大，武将地位受到尊崇；社会上流行尚武之风。唐太宗贞观四年（630）打败突厥，原属于东突厥的各属国归顺唐朝，推唐太宗为“天可汗”，唐朝由此取代势力强大的突厥而成为东亚盟主。贞观八年（634）大败吐谷浑。贞观十四年（640）平定高昌。高宗显庆二年（657）打败西突厥。唐朝势力强大，延续了100多年，至唐玄宗开元、天宝年间达到顶峰。“天可汗”的实际存在，达120余年之久。

武将在唐代的地位很高。据《旧唐书·刘文静传》，武德九年十月，唐太宗对唐初创业功臣论功行赏，按等级开列了一个长达43人的名单，其中32人是武将。李贺《南园》诗云：“请君暂上凌烟阁，若个书生万户侯?”当时社会上流行尚武之风。杨炯《从军行》诗云：“宁为百夫长，胜作一书生。”

第二，国家的强大、进步，极大地鼓舞了唐代知识分子的进取心。唐代知识分子取功名，主要有两种途径，一是参加科举考试；一是从军，建立军功。比较起来，他们更倾向于后者。例如：

万里不惜死，一朝得成功。画图麒麟阁，入朝明光宫。

——高适《塞下曲》

丈夫三十未富贵，安能终日守笔砚？

——岑参《银碛山西馆》

黄沙百战穿金甲，不破楼兰终不还。

——王昌龄《从军行》

少小虽非投笔吏，论功还欲请长缨。

——祖咏《望蓟门》

第三，入幕之风盛行。唐代文人从军并非亲自带兵打仗，或者拿刀杀人，而是入幕，也就是进入节镇幕府做幕僚。唐代的不少诗人，如王翰、高适、王维、李白、杜甫、岑参、萧颖士、李华、梁肃、元结、杜牧、李商隐等，都有在幕府生活的经历。这些幕府，有许多就设在边塞。

唐人写边塞诗，不一定到过边塞，但优秀的边塞诗，多数都是由到过边塞的诗人写的。

唐代诗人到边塞有两种形式：一种是入节镇的幕府做幕僚，如高适、岑参、李益等，都曾在幕府做过幕僚。还有一种是游历边塞，如王昌龄、李白、王之涣等。

唐代的边塞诗人最著名的是高适、岑参，所以边塞诗派，又称高岑诗派。除了高、岑，还有王之涣、王翰、李颀、王昌龄、崔颢、李益等。另外，王维、李白、杜甫等都写过边塞诗。

由于王维的成就和影响，主要在山水田园诗，所以人们不把他列入边塞诗派。而李白、杜甫是大诗人，他们的作品题材很丰富，山水田园诗，边塞诗都写，很难把他们划归哪一派。

一、王之涣

王之涣（688—742），字季凌，郡望晋阳（今山西太原），籍贯新绛（今山西新绛），初以门荫补衡水主簿，被诬去官，居家15年，优游山水，至晚年复补文安（今属河北）县尉，卒于任所。

《唐才子传》谓其“少有侠气，所从游皆五陵年少，击剑悲歌，从禽纵酒。中折节为文，十年名誉自振”。

王之涣开元时与王昌龄、高适皆有交往。唐人薛用弱的《集异记》记载了一个“旗亭画壁”的故事。

开元中，诗人王昌龄、高适、王之涣齐诣名。时风尘未偶，而游处略同。一日天寒微雪，三诗人共旗亭，贳酒小饮。忽有梨园伶官十数人登楼会宴，三诗人因避席隈映，拥炉火以观焉。俄有妙妓四辈，寻续而至，奢华艳曳，都冶颇极。旋则奏乐，皆当时之名部也。昌龄等私相约曰："我辈各擅诗名，每不自定其甲乙，今者可以密观诸伶所讴，若诗入歌词之多者，则为优矣。"俄而一伶拊节而唱，乃曰："寒雨连江夜入吴，平明送客楚山孤。洛阳亲友如相问，一片冰心在玉壶。"昌龄则引手画壁曰："一绝句。"寻又一伶官讴之曰："开箧泪沾臆，见君前日书。夜台何寂寞，犹是子云居。"适则引手画壁曰："一绝句"。寻又一伶呕曰："奉帚平明金殿开，强将团扇共徘徊。玉颜不及寒鸦色，犹带昭阳日影来。"昌龄则又引手画壁曰："二绝句。"之涣自以得名已久，因谓诸人曰："此辈皆潦倒乐官，所唱皆巴人下俚之词耳，岂阳春白雪之曲，俗物敢近哉！"因指诸妓之中最佳者曰："待此子所唱，如非我诗，吾即终身不敢与子争衡矣。脱是吾诗，子等当须列拜床下，奉吾为师。"因欢笑而俟之。须臾，次至双鬟发声，则曰："黄沙远上白云间，一片孤城万仞山。羌笛何须怨杨柳，春风不度玉门关。"之涣即揶揄二子曰："田舍奴，我岂妄哉！"因大谐笑。诸伶不喻其故，皆起诣曰："不知诸郎君何此欢噱？"昌龄等因话其事。诸伶竞拜曰："俗眼不识神仙，乞降清重，俯就筵席。"三子从之，饮醉竟日。

关于这个故事，明胡应麟《少室山房笔记》卷四一《庄岳委谈》尝辨其非。傅璇琮《唐才子传校笺》云："《集异记》所写之具体情事或非实有，但唐人之绝句用之于歌唱者乃当时风习。且之涣与昌龄、高适交往亦有可征，故此事未可遽加否定。”

需要补正的是，高适这首诗乃五言古诗，名《哭单父梁九少府》。这说明唐人所歌，亦有古诗，不全是绝句。

王之涣没有中过进士，官也很小，连个县长都没当过。新旧唐书都没有他的传记。他的名气这么大，完全是因为他的作品。他留下来的诗只有六首，但经典作品就有两首。

登鹳雀楼[1]

王之涣

白日依山尽，
黄河入海流。[2]
欲穷千里目，
更上一层楼。

【简注】

①鹳雀楼：唐代河中府西门的城楼，在今山西省永济县蒲州镇老城的东关城。沈括《梦溪笔谈》：“河中府鹳雀楼三层，前瞻中条，下瞰大河。”②白日：落日。据台湾学者简锦松考证，在鹳雀楼上朝落日的方向看，根本就没有山。因此“白日依山尽”中之“山”，并不是具体实存、目力可及的山脉，而是与“黄河入海流”句中的“海”字一样，以知识上的实象，来充实句子，使之形成对仗而已。“黄河入海流”既为理中所必有而目中所未见，“白日依山尽”亦可作如是观。（参见《唐诗现地研究》）可备一说。

【导读】

此诗前两句写景，很形象，也很壮观；后两句抒发感慨，很有胸怀，很有境界。

王之涣是开元时人，天宝元年就去世了。这首诗可以说是真实而形象地描写了“盛唐气象”。

所谓“盛唐气象”，就是一种朝气蓬勃、奋发向上的气象。就像这首诗，写的虽是暮景，但是一点也没有暮气沉沉的感觉，而是很明朗，很壮观，很有气势。

景致是客观的，关键在于时代的氛围与作者的心情。作者什么样的心情，就赋予景致什么样的色彩。试比较一下晚唐李商隐的《乐游原》：

向晚意不适，
驱车登古原。
夕阳无限好，
只是近黄昏。

“夕阳”本是“无限好”的，但是因为作者的“意不适”，所以这个景给人的感觉就有衰飒、颓废之感。

这里自然有个人的原因，但时代气氛也就这样，所以被人们说成是“晚唐气象”的一个形象体现。

凉州[①]词（其一）

王之涣

黄河远上白云间，
一片孤城万仞[②]山。
羌笛何须怨杨柳[③]，
春风不度玉门关[④]。

【简注】

①凉州：即今天的甘肃武威。这是古代的一个音乐之乡。岑参《凉州馆中与诸判官夜集》诗："凉州七里十万家，胡人半解弹琵琶。"②仞：八尺。③杨柳：指北朝乐府民歌《折杨柳歌辞》。④玉门关：汉代的玉门关在今天的敦煌市西北，唐代的玉门关在今天的嘉峪关市西北，地点往东移了很多。

【导读】

这首诗的视点和上一首不一样。上一首是平视和俯视，这一首是仰视。

这一首诗的景致既博大，也荒凉，作者的心情也有些悲怆。所以这首诗的风格不是豪迈，而是悲壮。

"春风不度玉门关"，既是写季节物候，也是写戍边将士得不到朝廷的关怀。汉时，许多久戍边关的军人因思念家乡、不耐苦寒而逃跑。汉武帝下令：有敢过玉门关者，斩。

二、王翰

王翰，字子羽，生卒时间不详，并州晋阳（今山西太原）人，睿宗景云元年（710）进士，先后做过昌乐（今河南南乐）县尉、秘书省正字、通事舍人、驾部、兵部员外郎、汝州（今河南临汝）长史、仙州别驾，官至道州司马。

《旧唐书》卷一九〇中《文苑传》称其“少豪荡不羁”。及张说为相，翰入朝为驾部员外郎，“枥多名马，家蓄妓乐。翰发言立意，自比王侯。颐指侪类，人多嫉”；“说既罢相，出翰为汝州长史，改仙州别驾。至郡，日聚英豪，纵禽击鼓，恣为欢赏”；“于是贬道州司马。卒”。

王翰多以恃才傲物、纵欲狂欢遭贬。然而，其才华却深为宰相张说赏识。他一生沉浮，与张说关系密切，如同王维之于张九龄。张说为人正派，善为文章，“善用所长，引文儒之士以佐王化”（《大唐新语》卷一）。张九龄即为其所荐引。

凉州词（二首选一）

王翰

葡萄①美酒夜光杯②，
欲饮琵琶马上催。
醉卧沙场君莫笑，
古来征战几人回？

【简注】
①葡萄：即葡萄酒。此酒来自西域，唐时已能自酿。②夜光杯：夜间能发光的酒杯。初亦由西胡所献。

【导读】

此诗语言明快，情绪热烈，风格豪迈，是典型的“盛唐气象”。

王翰的豪侠之气是很能感染人的。据《唐才子传》云：“翰工诗，多壮丽之词。文士祖咏、杜华等尝从游。华母崔氏云：‘吾闻孟母三迁。吾今欲卜居，使汝与王翰为邻，足矣。’其才名如此。”又云：“太史公恨古布衣之侠，湮没无闻，以其义出存亡生死之间，而不伐其德，千金驷马，才啻草介，信哉名不虚立也。观王翰之气，其若人之俦乎！”

三、李颀

李颀（690—754?），郡望赵郡（今河北赵县），居于颍阳（今河南登封）之东川，世称“李东川”。开元二十三年（735）进士，调新乡尉，故又称“李新乡”。久不升迁，乃归隐东川。

《唐才子传》称他“性疏简，厌薄世务。慕神仙，服饵丹砂，期轻举之道，结好尘喧之外。工诗，发调既清，修辞亦秀，杂歌咸善，玄理最长，多放浪之语，足可震荡心神”。

他与王维、高适、王昌龄等相友善，长于七古及七律，著有《东颀诗集》。

从军行[①]

李颀

白日登山望烽火，昏黄饮马傍交河[②]。
行人刁斗[③]风砂暗，公主琵琶[④]幽怨多。
野营万里无城郭，雨雪纷纷连大漠。
胡雁哀鸣夜夜飞，胡儿眼泪双双落。
闻道玉门犹被遮[⑤]，应将性命逐轻车[⑥]。
年年战骨埋荒外，空见蒲桃[⑦]入汉家。

【简注】

①从军行：古乐府名。《乐府古题要解》："《从军行》，皆述军旅苦辛之词也。"前加一"古"字，表示拟古之意，所谓借古讽今是也。②交河：唐安西都护府治所，在今新疆吐鲁番西北。③行人：行军之人。刁斗：军用金属器具，白天用于煮饭，晚上用于打更。④公主琵琶：公主即汉武帝时江都王刘建之女刘细君，以公主身份嫁乌孙，使人于马上弹琵琶以解思乡之苦。⑤玉门犹被遮：见《史记·大宛传》：贰师将军李广利率兵数万攻大宛，战不利，士卒存者不过十一。请罢兵。武帝闻之大怒，"使人遮玉门，曰：军有敢入者，辄斩之！"⑥轻车：轻车将军。此为泛指。⑦蒲桃：即葡萄。见《汉书·西域传》："宛王蝉封与汉约，岁献天马二匹。汉使采蒲陶，目宿种归。天子以天马多，又外国使来众，益种葡萄、目宿离宫馆旁，极望焉。"

【导读】

这是一首反战诗。连年战争，死了那么多的将士，换来的只是葡萄而已。其实物质的交流，不一定要付出血的代价。这是借汉讽唐，唐代从李世民到李隆基，均好穷兵黩武，不知死了多少人。

四、王昌龄

王昌龄（690？—756？），字少伯，京兆万年（今西安）人。开元十五年举进士，任秘书省校书郎；开元二十二年以博学宏辞登科，迁汜水（今河南巩义市东北）尉；开元二十七年（739）以事贬岭南，次年为江宁（今南京）县丞。天宝初，再贬龙标（今湖南黔阳县西南）尉。

《新唐书》卷一〇三《文艺传》下：

至德初，"以世乱归乡里，为刺史闾丘晓所杀。张镐按军河南，兵大集，晓最后期，将戮之，辞曰：'有亲，乞贷余命。'镐曰：'王昌龄之亲，欲与谁养？'晓默然。"

《旧唐书》卷一一一《张镐传》：

镐受命为河南节度使，"既发，会张巡宋州围急，倍道兼进，传檄濠州刺史闾丘晓引兵出救。晓素愎戾，驭下少恩，好独任己。及镐信至，略无禀命，又虑兵败，祸及于己，遂逗留不进。镐至淮口，宋州已陷。镐怒晓，即杖杀之。"

王昌龄两次被贬，原因是什么呢？史书无载。殷璠《河岳英灵集》谓是"晚节不矜细行，谤议沸腾"。而他的被杀，史书亦未说明原因。《唐才子传》谓是为"刺史闾丘晓所忌"。

王昌龄为开元、天宝间著名诗人，有"诗家夫子王江宁"之称。尤擅七绝，出语爽朗，意蕴深长。清人宋荦《漫堂说诗》云："三唐七绝，并堪不朽。太白、龙标，绝伦逸群。"

王昌龄与孟浩然、常建、李颀、李白等著名诗人交情颇深，著有《王昌龄集》。

出塞[1]（其一）

王昌龄

秦时明月汉时关，
万里长征人未还。
但使龙城[2]飞将在，
不教胡马度阴山[3]。

【简注】

①出塞：乐府旧题。②龙城：唐时属营州柳城郡，故址在今辽宁朝阳。③阴山：在今内蒙古中部。

【导读】

此诗又名《塞上行》、《塞上曲》、《从军行》等，约作于开元十五年（727）中进士前后，诗人游历西北边塞时。

作品以凝练的语言，融历史与现实、批判与憧憬为一体，内容丰富而又举重若轻，是一首浑然天成的佳作，被后人誉为唐人七绝的压卷之作。

芙蓉楼送辛渐[1]（其一）

王昌龄

寒雨连江夜入吴[2]，
平明送客楚[2]山孤。
洛阳亲友如相问，
一片冰心[3]在玉壶。

【简注】

①芙蓉楼：在润州丹阳县（今属南京）。辛渐：作者友人，事迹不详。②吴、楚：润州在春秋时属吴，战国时属楚。以地理位置言，此处又为“吴头楚尾”。③冰心：鲍照《代白头吟》：“直如朱玉绳，清如玉壶冰。”姚崇《冰壶赋》：“内怀冰清，外涵玉润，此君子冰壶之德也。”

【导读】

此诗当作于开元末诗人为江宁丞时，既表达了对朋友的深情，也借此表达了自己的情操。

长信秋词[①]（五首选一）

王昌龄

奉帚平明金殿开，
暂将团扇[②]共裴回。
玉颜不及寒鸦色，
犹带昭阳[③]日影来。

【简注】
①长信秋词：一作《长信怨》，乐府旧题。长信：即长信宫，汉宫名。汉成帝时班婕妤失宠后，乃自求供养太后于长信宫。②团扇：相传班婕妤曾作有《咏扇诗》（即《怨歌行》），以秋扇见捐喻女人被弃。③昭阳：赵飞燕所居殿名。

【导读】

此诗当作于开元十五年以后诗人任秘书省校书郎期间。作品想象奇特，含蓄深沉，为宫怨诗中的佳作。

五、高适

高适（700—765），字达夫，德州蓨（diào）县（今河北景县）人。为官之前，长期居住宋城。少性拓落，不拘小节。曾游闽粤、长安、荆襄、幽蓟、淮楚、齐鲁等地。天宝三年，与李白、杜甫同游梁宋，共登“吹台”，为一时之盛事。天宝八年，举有道科，授封丘（今属河南）尉，不如意，所谓“拜迎长官心欲碎，鞭鞑黎庶令人悲”（《封丘作》）。天宝十三年，辞官去长安，与杜甫、岑参等同游。后入河西节度使哥舒翰幕，任掌书记。

高适先后任左拾遗、监察御史、侍御史、谏议大夫、淮南节度使、扬州大都督府长史、彭州刺史、蜀州刺史、剑南西川节度使、刑部侍郎、左散骑常侍，世称“高常侍”，进封渤海县侯。

《旧唐书》本传称：“有唐以来，诗人之达者，唯适而已。”高适命运的转机，是入哥舒翰幕。所以“入幕”是一条希望之路。

高适是边塞诗的代表作家，与岑参齐名，号称“高岑”，著有《高常侍集》。

燕歌行①

高适

开元二十六年，客有从元戎②出塞而还者，作《燕歌行》以示适。感征戍之事，因而和焉。

汉家烟尘在东北，汉将辞家破残贼。
男儿本自重横行，天子非常赐颜色。
摐金伐鼓下榆关，旌旆逶迤碣石间。
校尉羽书飞瀚海③，单于猎火照狼山④。
山川萧条极边土，胡骑凭陵⑤杂风雨。
战士军前半死生，美人帐下犹歌舞。

【简注】
①燕歌行：乐府旧题，多写边塞征戍之事，男女离别之苦。②元戎：指张守珪。③校尉：位次于将军。瀚海：北海，在今蒙古高原东北。④狼山：狼居胥山，在今内蒙古狼山县北。⑤凭陵：凭势侵陵。

大漠穷秋塞草腓[6]，孤城落日斗兵稀。
身当恩遇常轻敌，力尽关山未解围。
铁衣远戍辛勤久，玉箸应啼别离后。
少妇城南欲断肠，征人蓟北[7]空回首。
边庭飘飖[8]那可度，绝域苍茫更何有？
杀气三时作阵云，寒声一夜传刁斗。
相看白刃血纷纷，死节从来岂顾勋？
君不见沙场征战苦，至今犹忆李将军[9]。

【简注】

⑥腓（féi）：衰萎变黄。⑦蓟北：蓟州（今天津蓟县）以北。⑧飘飖：辽阔。⑨李将军：《史记·李将军传》："广居右北平，匈奴闻之，号曰汉之飞将军。避之，数岁不敢入右北平。""广之将兵，乏绝之处，见水，士卒不尽饮，广不近水；士卒不尽食，广不尝食。宽缓不苛，士以此爱乐为用。"

【导读】

此诗借客所示《燕歌行》，结合自己开元二十年前后在蓟州一带的所见所闻，借题发挥，写将士们为保卫国家而英勇参战，写军中的腐败，写战斗之惨烈，写战争给将士及其家人带来的痛苦，可以说是包含了盛唐边塞诗的几乎全部内容。

作品既豪迈又悲壮，尤其是运用对比的手法写军中的不公平，所谓"战士军前半死生，美人帐下犹歌舞"，给人印象尤为深刻，可以和杜甫的"朱门酒肉臭，路有冻死骨"相媲美。

乐府诗的特点之一，就是可以歌唱。虽然这首诗能不能歌唱，我们不知道，但是，从文字上看，四句一换韵，平仄相间，抑扬有节，宛转自然，朗朗上口，很富于音乐感。

别董大[①]（其二）

高适

千里黄云白日曛[②]，北风吹雁雪纷纷。
莫愁前路无知己，天下谁人不识君？

【简注】

①董大：有人说是指著名琴师董庭兰，有人又说不是，而是指作者在长安的一位友人。而敦煌《唐诗选》残卷则题作《别董令望》，令望事迹亦不可考。②曛（xūn）：落日的余晖，这里指黄云蔽日。

【导读】

这首诗前两句写景黯淡、悲凉，象征董大的心情。后两句安慰董大，豪迈而旷达。由此看来，这个董大，如果不是著名琴师董庭兰，就是一个有较高知名度的人。

六、崔颢

崔颢（704？—754），汴州（今河南开封）人，开元二十一年（723）进士。开元后期，他以监察御使任职河东军幕。天宝初任太仆寺臣，迁司勋员外郎，世称“崔司勋”。

司勋员外郎是个从六品官，政治地位并不高。《旧唐书》卷一九〇下《文苑传》载："开元、天宝间，文士知名者，汴州崔颢，京兆王昌龄、高适，襄阳孟浩然，皆名位不振。"

崔颢的诗留下来的只有40余首。殷璠《河岳英灵集》讲："颢少年为诗，属意浮艳，多陷轻薄，晚节忽变常体，风骨凛然，一窥塞垣，说尽戎旅，……可与鲍照、江淹并驱也。"如：

杀人辽水上，走马渔阳归。
错落金锁甲，蒙茸貂鼠衣。

——《游侠篇》

春风吹浅草，猎骑何翩翩。
插羽两相顾，鸣弓新上弦。

——《赠王威古》

崔颢从军的经历，使得他的诗风发生了很大的变化，被称为边塞诗人。不过他最有名的作品，却不是边塞诗，而是写游子之情的《黄鹤楼》。

黄鹤楼①

崔颢

昔人已乘黄鹤去，此地空余黄鹤楼。
黄鹤一去不复返，白云千载空悠悠。

【简注】
①黄鹤楼：在今湖北省武汉市武昌区辖内的黄鹤矶头。孙权黄武二年（223）始建。楼的

晴川历历汉阳②树，芳草萋萋鹦鹉洲③。

日暮乡关何处是，烟波江上使人愁。

得名，有不同的说法。据《南齐书·州郡志》载，因仙人王子安乘黄鹤过此而得名；据乐史《太平寰宇记》载，因费文祎登仙，曾驾黄鹤憩息于此而得名。②晴川：指长江。历历：分明可数。汉阳：武汉三镇之一，与黄鹤楼隔江相对。③鹦鹉洲：原在武昌城外长江中，相传东汉末年名士祢衡生前曾在此作《鹦鹉赋》。祢衡被黄祖杀害后，人们把他埋在这里，后渐湮没。今汉阳江堤外的鹦鹉洲，是清乾隆年间形成的一个洲，原名补得洲，嘉庆间改为鹦鹉洲，并非汉代鹦鹉洲原址。

【导读】

崔颢这首诗是一首七言律诗，但前半截却像古诗，第一、三句不合平仄，第三、四句不对仗。后半截才是真正的律诗。作品不为格律所束缚，纯以气势和韵味取胜。

作品写了什么呢？有人讲，“前四句借黄鹤楼发思古之幽情，后四句即景寓情以抒怀乡之思”。初看起来，似可这样理解。其实在我看来，它有三层意思，层层深入，写出了诗人内心的寂寞与苍凉。

第一层，即前四句，借王子安故事，写成仙

之事之不可期。

第二层，即第六句，借祢衡故事，写功名之事之不可求。

第三层，即最后两句，写游子思乡。

成仙既不可期，功名又不可求，则家乡成为唯一的精神归宿。而家乡又是那样的遥远，日色、江水又是如此的苍茫，因而内心寂寞、彷徨，找不到归宿，满怀愁绪油然而生。

普通人对这首诗的共鸣往往在第三层，即游子思乡。

此诗极为人们所推崇，宋人严羽《沧浪诗话》誉其为“唐人七言律第一”。计有功《唐诗纪事》载：“世传李太白云：‘眼前有景道不得，崔颢题诗在上头。’遂作《凤凰台》诗以较胜负。”

有人认为，这个传说不太可信。但在李白的作品中，确实有两首诗，可以明显看出模仿崔颢诗的痕迹。例如：

鹦鹉洲

鹦鹉东过吴江水，江上洲传鹦鹉名。
鹦鹉西飞陇山去，芳洲之树何青青。
烟开兰叶香风暖，岸夹桃花锦浪生。
迁客此时徒极目，长洲孤月向谁明？

此诗和崔诗一样，也是五六句加工，尾句寓感叹。但是，李白的这一首并不成功。纪昀讲：“崔是偶然得之，自然流出，此是有意为之，语多衬贴，虽效之而实不及。”

登金陵凤凰台

凤凰台上凤凰游，凤去台空江自流。
吴宫花草埋幽径，晋代衣冠成古丘。
三山半落青天外，二水中分白鹭洲。
总为浮云能蔽日，长安不见使人愁。

这一首比较成功，可谓神似。

七、岑参

岑参（717—770），郡望南阳（今属河南），世居江陵（今属湖北），名门之后。其曾祖岑文本，太宗时的宰相；伯祖岑长倩，武后时的宰相；从祖岑羲，中宗、睿宗时的宰相。自岑羲被诛后，家道中落。这样的家世，使得岑参有着强烈的功名心。

岑参于天宝三载（744）中进士，授右内率府兵曹参军；天宝八载（749），入安西四镇节度使高仙芝幕，任掌书记，驻地在龟兹，今新疆库车；天宝十载（751）东归；天宝十三载（754），又入安西北庭节度使封常清幕，任判官，后迁度支副使，地点在庭州，即今新疆吉木萨尔；至德元年（756）东归。

岑参一生两赴西域（新疆），五佐戎幕，是唐代诗人中军旅生活（边塞生活）经验最丰富的人（参见闻一多《唐诗杂谈·岑嘉州系年考证》）。《唐才子传》谓："参累佐戎幕，往来鞍马风尘间十余载，极征行离别之情，城障塞堡，无不征行。”

官至嘉州刺史，世称“岑嘉州”，终于成都旅舍，著有《岑嘉州集》。

杜确《岑嘉州诗集序》称其“早岁孤贫，能自砥砺，遍览史籍，尤工缀文。属辞尚清，用意尚切，其有所得，多入佳境，迴拔孤秀，出于常情。每一篇绝笔，则人人传写，虽闾里士庶，戎夷蛮貊，莫不讽诵吟习焉”。

殷璠《河岳英灵集》谓：“参诗语奇体峻，意亦造奇。”

杜甫《美陂行》：“岑参兄弟皆好奇，携我远来游美陂。”

严羽《沧浪诗话·诗评》云：“高、岑之诗悲壮，读之使人感激。”

辛文房《唐才子传》：参“与高适风骨颇同，读之令人慷慨怀感。”

逢入京使

岑参

故国东望路漫漫，双袖龙钟泪不干。

马上相逢无纸笔，凭君传语报平安。

【导读】

此诗作于天宝八年（749）。诗人自长安赴安西四镇节度使高仙芝幕，西行时遇东归的使者，故请使者报个平安信，此亦人之常情。然情景生动、真实而感人。

走马川行奉送封大夫出师西征[①]

岑参

君不见走马川[②]，雪海[③]边，平沙莽莽黄入天。

轮台九月风夜吼，一川碎石大如斗，随风满地石乱走。

匈奴[④]草黄马正肥，金山[⑤]西见烟尘飞，汉家大将西出师。

将军金甲夜不脱，半夜行军戈相拨，风头如刀面如割。

马毛带雪汗气蒸，五花连钱[⑥]旋作冰，幕中草檄砚水凝。

虏骑闻之应胆慑，料知短兵不敢接，车师[⑦]西门伫献捷。

【简注】

①封大夫：封常清。时任安西四镇节度使，权知北庭都护府、伊西节度使，摄御史大夫。出师西征：或谓西征突厥叛酋阿布思余部。②走马川：在北庭（今新疆吉木萨尔县）、轮台（今新疆昌吉境内）附近。“走马川”是个地名，“走马川行”是诗的题目。有的选本写成“君不见走马川行雪海边，平沙莽莽黄入天”。这显然是错误的，应该是“君不见走马川，雪海边，平沙莽莽黄入天”。③雪海：大雪后的古尔班通古特大沙漠。④匈奴：此处指突厥阿布思余部。⑤金山：新疆北部和蒙古西部的阿尔泰山。⑥五花：五花马，杂色马；连钱：连钱马，毛色如连钱。⑦车师：即北庭，为汉车师国故地，今新疆吉木萨尔县。

【导读】

此诗作于天宝十三（754）年九月。作品写极端恶劣的气候环境，然后写将军在此恶劣的气候环境下出征，以此凸显将军的英雄气概，预示这场战斗必然取得胜利。不过，作品给人印象最深的，还是那一幅壮丽、奇特的西部图景。

白雪歌送武判官归京

岑参

北风卷地白草①折，胡天八月即飞雪。
忽如一夜春风来，千树万树梨花开②。
散入珠帘湿罗幕，狐裘不暖锦衾薄。
将军角弓不得控，都护③铁衣冷难著。
瀚海阑干④百丈冰，愁云黪淡万里凝。
中军⑤置酒饮归客，胡琴琵琶与羌笛。
纷纷暮雪下辕门⑥，风掣红旗冻不翻⑦。
轮台东门送君去，去时雪满天山路。
山回路转不见君，雪上空留马行处。

【简注】

①白草：西域的一种草，干熟时色白，冬枯而不萎，性至坚韧。②梨花开：梁萧子显《燕歌行》：“洛阳梨花落如雪。”③都护：镇守边疆的长官。《唐六典》：“都护、副都护之职，掌抚慰诸藩，辑宁外寇，觇候奸谲，征讨携离。”唐大都护府设大都护一人，副大都护一人，副都护两人。上都护府设都护一人，副都护两人。④瀚海：指古尔班通古特大沙漠。阑干：纵横貌。⑤中军：主帅营帐。⑥辕门：军营之门。古时军营前，以两辕木相向交叉为门。⑦风掣红旗冻不翻：虞世南《出塞》：“霜旗冻不翻。”

【导读】

此诗也作于天宝十三年，重点写西北的壮丽而奇特的自然景观。“雪”

字四次出现，是全诗之中心意象。全诗洋溢着豪迈的情绪，惜别的色彩并不浓。归京是好事，与其说是惜别，还不如说是羡慕。岑参的边塞诗悲怆色彩并不浓，主要是奇丽、壮美。

【小结】

唐代的边塞诗，内容丰富，风格多样。既写了边塞地区的奇特的自然风光和民俗风情，又写了戍边将士慷慨出征、英勇报国的情怀；既揭露了军中的腐败和带兵者的无能，更写了战争给军人和他们的家人带来的伤痛。唐代的边塞诗既有豪放的一面，也有悲怆的一面，并非一味的颂歌，而是军旅生活与边塞生活的真实写照。它既体现了唐人意气风发的一面，也体现了作者的某些反战情绪，既有英雄主义的色彩，也有人道主义的光芒。

第六讲

李白的自由

李白（701—762），字太白，号“青莲居士”。关于他的生平、思想、个性和创作上的特点，我认为有一个词可以概括，这就是“自由”。我们先从他的故里说起。

一、何处是“李白故里”

2010 年 4 月 13 日，《中国经济周刊》刊登了署名裴钰的一篇文章，名为《甘肃天水等地与吉尔吉斯斯坦争夺李白故里》，文章说：

> 去年，吉尔吉斯斯坦驻中国大使馆商务参赞朱萨耶夫·古邦访问安陆，称李白故里在吉国的托克马克市。今年，四川江油、湖北安陆、甘肃天水、吉尔吉斯斯坦的托克马克市，纷纷自称是李白的故乡，点燃了李白故里争夺战。

四个地方都在争夺“李白故里”，那么，“李白故里”究竟在哪里呢？要搞清楚这个问题，必须了解以下几个概念：郡望、祖籍、籍贯、本籍、客籍。在古代，一个人往往有郡望，有祖籍，有籍贯，有本籍，甚至还有客籍。

所谓郡望，原指魏晋至隋唐时期每个郡的世家大族。一个家族世居某郡而为当地所仰望，即为郡望，如陇西李氏、山东李氏、清河崔氏、琅琊王氏、太原王氏等。

所谓祖籍，是指三代以上的祖先（包括祖父）居住的地方，一般有祖墓，有宗祠等等。

所谓籍贯，也就是本籍，是指本人的出生地。

所谓客籍，是指本人的客居之地。

李白的祖籍，一般认为是陇西成纪，也就是今天的甘肃省天水市秦安县。也有人认为陇西成纪可能只是他的郡望，因为早在唐代这里就设有他们家的祖坟、宗祠等等。

李白的九世祖于隋朝末年被流放到中亚碎叶城，也就是今天的吉尔吉斯斯坦共和国的托克马克市，这是李白的出生地，也就是他的籍贯，或者本籍。

唐中宗神龙初年，李白五岁时，其父由碎叶潜回内地，客居绵州彰明县之青莲乡，也就是今天的四川省绵阳市江油县青莲乡。所以李白号“青莲居士”。李白的父亲在这里隐姓埋名，自称李客。所谓客，就是指客居，相对于土著而言。李白在这里生活了 20 年左右。可见，江油乃是他的客居之地，也就是客籍。

李白 25 岁左右离开江油，出蜀漫游。在湖北的安陆，娶故宰相许圉师的孙女，在这里前后生活了 12 年（其中有两年在长安）。所以，湖北安陆也是李白的客籍之地。

因此，李白真正的故里，应该是吉尔吉斯斯坦共和国境内的托克马克市，他在这里长到五岁；甘肃天水只是他的祖籍，甚至只是他的郡望；而四川江油、湖北安陆，都不过是他的客居之地。当然，要把这两个地方说成是他的故里也行，但理由并没有吉尔吉斯斯坦共和国境内的托克马克市那样充足。就这两个地方来讲，四川江油作为李白故里的理由更充分一些。因为这里毕竟是他的成长之地，他在这里生活了20年左右。

二、李白早年所接受的影响

1. 父亲的影响

李白的父亲李客可能是一个既有钱、又有文化的商人。李白回忆说："余小时，大人令诵《子虚赋》，私心慕之"（《秋于敬亭送从侄耑游庐山序》）。可见其父亦好诗赋。

李白又说："五岁诵六甲，十岁观百家"（《上安州裴长史书》）。所谓"六甲"，是指甲、乙、丙、丁、戊、己、庚、辛、壬、癸这十天干和子、丑、寅、卯、辰、巳、午、未、申、酉、戌、亥这十二地支，依次配成六十组干支，起头是"甲"的有六组，故称"六甲"，多为儿童练字之用，可见他从小就受到良好的教育，而这个教育的实施者，应该就是他的父亲。

2. 蜀中乡贤司马相如的影响

李白讲："余小时，大人令诵《子虚赋》，私心慕之。"《子虚赋》的作者司马相如就是成都人，李白浪漫气息的形成就有司马相如的影响。

3. 道家或道教的影响

李白年轻时即受道家的影响。他家附近的紫云山，就是一个道教的胜地。他的诗写道："家本紫云山，道风未沦落"（《题嵩山逸人元丹丘》）。另外，蜀中的青城山，则为道教十大洞天之一。李白有诗云："十五游神仙，仙游未曾歇"（《感兴》八首之五）。

4. 纵横家的影响

李白18岁的时候隐居大匡山读书，跟赵蕤学纵横术。李白《与韩荆州书》云："十五好剑术，遍干诸侯。"

5. 游侠的影响

《新唐书》卷二〇二《文艺传》谓，李白"喜纵横术，击剑为任侠，轻财好施"。唐人魏颢《李翰林集序》更谓其"少任侠，手刃数人"。

李白早年所接受的这些影响，全都是在以江油为中心的蜀中完成的。蜀文化对李白的影响，实在是太大了，整整影响了他的一生。

三、"一生好入名山游"

李白诗云："五岳寻仙不觉远，一生好入名山游"（《庐山谣寄卢侍御虚舟》）。

李白在大匡山的那几年，就先后游历了蜀中的剑阁、梓州、成都等地。

他于25岁左右出川之后，游洞庭，登庐山，至金陵、扬州、越中，然后西游云梦，经襄阳，然后在安陆（今属湖北）娶故宰相许圉师之孙女，并定居安陆。在安陆的10年间，他又游历江夏、襄阳、洛阳、太原，大约在开元二十四年或二十五年（737或738）西入长安，求仕未果。

离开长安后，他再次漫游，从梁、宋而至洛阳、襄阳，然后举家迁居山东任城（今山东济宁），与孔巢父等六人隐于徂徕山，号“竹溪六逸”。

天宝元年（742），因玉真公主荐，玄宗召其入长安，供奉翰林。天宝三年离开长安，到了洛阳。

李白在洛阳遇见了杜甫。这是中国诗歌史上的“双子星座”第一次、也是唯一的一次见面。李白的翩翩风度和盖世才华，让小他11岁的杜甫崇拜不已。杜甫深情地回忆了一辈子，好几次都从梦中哭醒。

李白和杜甫结伴同游梁、宋，两人又在那里结识了高适。

和杜甫、高适分手之后，李白到了齐州（山东济南），请北海高天师授道箓，再次举行入道仪式。此后的十年，李白南下吴越，北上蓟门（天津一带）。在幽州（北京一带），他预感到安禄山要造反，于是离开这个是非之地，到了庐山。而庐山，还不是他的最后一站。他后来还去了巴陵、豫章等地。

李白一生到过哪些地方，一时难以尽述。北到幽州，南到洞庭，西起成都，东至齐州，他的足迹遍及当时的半个中国。

四、被“赐金放还”的原因

李白曾经两次到长安。第一次大约在开元二十四年或二十五年（737或738），由于没有过硬的关系，求仕不成，无果而返。

第二次，是在天宝元年（742），由于玉真公主的推荐，李白被玄宗召入长安，供奉翰林。

李阳冰《草堂集序》谓，玄宗“降辇步迎，如见绮皓（秦汉之际的‘商山四皓’之一，名叫绮里季）。以七宝床赐食，御手调羹以饭之。……置于金銮殿，出入翰林中，问以国政，潜草诏告，人无知者”。

在长安的玄元皇帝庙，遇见贺知章。李白《对酒忆贺监二首并序》：“太子宾客贺公于长安紫极宫一见余，呼余为谪仙人，因解金龟换酒为乐。”按：贺此时亲见其《蜀道难》、《乌栖曲》等诗。

天宝三年，被“赐金放还”。过去有人认为李白被“赐金放还”，是因为得罪了大太监高力士和杨贵妃。其实高力士、杨贵妃对李白的才华是欣赏的。李白还写过《清平调》三章赞美杨贵妃。高力士、杨贵妃有一个共同的特点，就是爱皇帝之所爱。真正谗毁李白的，是他在翰林院的同事，已故宰相张说之子，当朝驸马张垍。

魏颢《李翰林集序》讲：

> 上皇豫游，召白。白时为贵门邀饮。比至，半醉。令制出师诏，不草而成。许中书舍人。以张垍谗逐。

可见真正的原因是唐玄宗要提拔李白为中书舍人，张垍在皇帝面前进了谗言，李白得不到提拔。而皇帝已经不是从前那个有作为的皇帝了，李白觉得自己即使在皇帝身边，也难以实现自己的理想，于是自己提出走人。因为是他自己提出的，所以皇帝才"赐金放还"。如果是皇帝主动要炒掉他，恐怕不会有这般礼遇。

五、与李璘的关系

天宝十四年，李白到庐山不久，"安史之乱"爆发。永王李璘奉唐玄宗之命，出兵东南，经过庐山时，慕李白之名，请他下山。李白于是进入李璘幕府，慷慨从军。这时，太子李亨在灵武（今属宁夏银川市）即皇帝位。李璘不听调遣，李亨以叛乱罪讨伐李璘。

李璘以失败告终，李白受到牵连，以叛乱罪入浔阳监狱。至德三载（758）正月流放夜郎，第二年三月（即乾元二年，759）遇赦放还。

李白后来为自己辩护，说李璘三次上山去请他，他不得已，是所谓"胁迫上楼船"。后来也有一些人借李白的这些话，为他辩护。

其实李白不是被胁迫的，他是高高兴兴地上了李璘的楼船。他有《永王东巡歌》三首：其中一首云：

三川北虏乱如麻，
四海南奔似永嘉。
但用东山谢安石，
为君谈笑静胡沙。

他把自己比作安定东晋的谢安，自视很高，信心很足，怎么是被“胁迫”呢？再说李璘三次上山去请他，这不就像当年刘备“三顾茅庐”请诸葛亮吗？

李白一生崇拜的人，就是姜子牙、管仲、范蠡、张良、诸葛亮、谢安这些重量级的谋士和宰相，而他的理想，就是要像他们那样，辅佐皇帝干一番大事业，所谓“奋其智能，愿为辅弼，使寰区大定，海县清一”，然后功成身退，泛舟五湖。现在国家有难，李璘又三次上山来找他，这岂不是报效国家、实现自己理想的机会到了吗？怎么会是被“胁迫”呢？

李璘何许人也？他是唐玄宗最宠爱的儿子。“安史之乱”爆发后，唐玄宗任命太子李亨为天下兵马大元帅，在北方主持讨伐安禄山；任命李璘为天下兵马副元帅，主持经营东南。应该说，这是一个具有重大战略意义的决定。因为东南是国家的财赋之地。保住东南，就可以有力地支持北方的抗战；万一北方失守，朝廷还可以退居东南。唐玄宗是在做好了这些战略部署之后，才带着他最心爱的女人杨贵妃和小舅子杨国忠去四川的。许多人都说唐玄宗是“仓皇出逃”，差矣！

让唐玄宗始料不及的是，离开长安西门 50 里，就发生了“马嵬之变”，在禁军将领陈玄礼等人的胁迫之下，不得已而杀掉了小舅子杨国忠，又不得已而赐杨贵妃死。这个事变，对掌权 44 年，亲手创建了开元、天宝盛世的老皇帝唐玄宗是一个沉重的打击。也就是说，他的权威已经不存在了。我个人认为，也许就是因为这个事变，让太子李亨以及他周围的那些急于要升官的人看到了夺权的契机。于是李亨先斩后奏，在灵武即位，自己做皇帝，尊唐玄宗为太上皇。

从法律的角度来看，李亨做皇帝是不符合程序的。因为老皇帝事先并没有下退位诏书。用现在的话来讲，李亨这样做，叫做“坑爹”。李亨“坑爹”之后，接着就“坑弟弟”。因为李璘知道底细呀，他也不是那么老实的，他不服气，不听调遣，于是两兄弟就打起来。李亨以皇帝的名义讨伐李璘，给他一个叛逆的罪名，这样就容易组织力量，赢得人心，于是李璘战败被杀。他们兄弟之间的这场战争，无所谓谁正义谁不正义。成者王，败者寇。而历来的封建史家，都是为成者王唱赞歌的，所以李璘就背了一个“叛乱者”的罪名，直到今天。

李璘是个叛乱者，而李白又是他的幕僚，怎么办呢？于是那些爱李白的人，就为他洗刷，为他辩护。其实在我看来，完全没有这个必要。

第一，李亨做皇帝是不符合程序的。他当了20多年太子，长期不能转正，有点像今天英国的那个查尔斯王子。他心里的那个急，我相信大家都能设想得到。如果没有“安史之乱”，他转正的时间还要推迟。事实上，他的寿命并不长。他转正的时候，已经过了50岁。做了8年皇帝就去世了，而且是和太上皇唐玄宗在同一年去世。如果他不趁机来个先斩后奏，说不定一辈子都是个太子。他先斩后奏，虽然有他自己的道理，但是不符合法律程序。

第二，李亨和李璘之间的那场战争是封建统治阶级内部为了争夺皇位而进行的一场内斗。李白不过是做了这场内斗的牺牲品而已。

第三，李白上李璘的楼船并答应做他的幕僚时，这两兄弟之间的战争并没有开始。李白的初衷，是要参与为国家平乱，并不是要参与他们兄弟之间的内斗。

第四，由于是为国家平乱，李白是高高兴兴上楼船的，而不是被胁迫的。

第五，李白无罪。他从李璘，无损于他的形象，没有必要为他辩护。

六、最后的归宿

李白受李璘的牵连，被流放夜郎。唐代有两个夜郎县，一个在业州（今湖南西部的新晃），一个在珍州（今贵州北部的正安）。去湖南西部的夜郎，可由洞庭湖经沅水一线到达；去贵州北部的夜郎，则可沿长江而上，经奉节（白帝城所在地）、渝州（今重庆）而到达。而古代的夜郎国的国都，则在今贵州省的铜仁市一带；古夜郎国管辖的范围，则包括了今天湖南省的怀化市一带。古代有一个成语，叫“夜郎自大”，可见夜郎人是没有什么见识的人。但是今天，湖南、贵州两省的干部为了发展旅游，都说自己是夜郎人，争得不可开交。

有人讲，李白当年已经到了湖南的西部，快要进入夜郎县了，遇到唐肃宗李亨大赦天下，李白得以放还。还有的人说，李白当时并没有走远，只是到了白帝城，也就是今天重庆市的奉节县境内，就遇赦放还了。这是乾元二年（759）的事。

遇赦之后的李白心情无比激动，写了一首脍炙人口的诗《早发白帝城》，到了江陵，也就是今天湖北荆州市的所在地。然后逗留于江夏（今武汉）、巴陵（今岳阳）等地，第二年即上元元年（760）春天再到浔阳（今江西九江），并至豫章（今江西南昌），与其妻宗夫人会晤。

此后，他便流寓南方。上元二年（761），李白得知李光弼要出征东南，他又想从军报国，但是由于身体不好，半道而还。最后投奔自己的堂叔、著名书法家、当涂县令李阳冰。一年以后在当涂去世，享年61岁。

有人把李白的死说得很浪漫。说他在一个月光美好的晚上，乘船到了长江的江心，一边喝酒，一边赏月。他看到一轮明月像一块玉璧漂浮在水面上，于是就伸手去捞，结果沉于江水。

其实这是传说，并不可靠。李白最后是病死在李阳冰的府上。他的死与酒有关。他一生喝了太多的酒，五脏六腑都喝坏了。

七、李白的自由

1. 对待科举的态度

李白的一生，是追求自由的一生。他想做官，但是又不想参加科举考试。

在唐代，就知识分子来讲，要做官，就得参加科举考试，取得进士一类的头衔，这样才能拿到一张进入官场的“入场券”。李白一生都想做官，而且想做宰相一类的大官，但是他又不屑于参加科举考试。他觉得，通过科举考试一级一级地往上爬，一直爬到宰相这个位置，实在是太漫长了。他希望走“终南捷径”，也就是通过隐居，把名气隐大，像“商山四皓”那样，就会受到皇帝的重视，然后被召见，直接授予官职。李白对待功名的态度，有着浓厚的自由色彩。

2. 政治理想

李白的政治理想本身就带有浓厚的自由色彩。他的理想是：

> 申管晏之谈，谋帝王之术。奋其智能，愿为辅弼，使寰区大定，海县清一（代寿山答孟少府移文书），然后功成身退，泛舟五湖，“事了拂衣去，深藏身与名”（《侠客行》）。

这种政治，是一种进出自由的政治，完全依据自己的本意行事，而没有考虑到官场的许多游戏规则。首先，你是不是进得去？进去之后，是不是呆得住？不想呆的时候，是不是能够如愿以偿地出得来？这些都是问题。事实证明，以李白的才华，以唐玄宗爱才的特点，他确实曾经进去过，但是没呆住，没多久就被“赐金放还”了。这是因为他的理想、为人等等，与官场是有严重冲突的。官场其实不是他这样的人呆的地方。

3. 个人信仰

李白是一个道教徒。道教是中国本土宗教，和佛教相比，道教没有那么多的清规戒律，是一种很自由的宗教。

李白又信奉纵横家的学说。纵横家是中国官场上的自由电子，可以自由流动，甚至可以朝秦暮楚，像张仪、苏秦那样。

李白还是一个游侠之士，这种人的特点，就是逃避国家的法律，可以自由杀人。

4. 自由行走之人

李白一生享受了许多自由。游山玩水，求仙访道，“五岳寻仙不觉远，一生好入名山游”，想去哪里就去哪里。

好打抱不平，急人所难，扶危济困，挥金如土；又好喝酒，酒量大得惊人。

交了许多朋友。李白的朋友中，做官的，经商的，求仙访道的，写诗的，酿酒的，有犯罪记录的，中国的，日本的，都有。只要合他的意，都交。当然，也交了一些女朋友，娶过不止一位太太。

总之，他的一生实在是太自由了。自由自在，我行我素。李白做官的那三年仍然是自由的，照样喝酒，照样嬉笑怒骂，“戏万乘如僚友，视同侪如草芥”。杜甫《饮中八仙歌》云：“李白斗酒诗百篇，长安市上酒家眠。天子呼来不上船，自称臣是酒中仙。”这是对李白在长安为官三年的最好写照。李白在诗里把唐代的君臣都骂过了。其实，他如果不是生活在唐代，根本就享受不了这么多的自由。唐代是一个自由的、宽容的时代。

5. 自由与诗歌

李白既向往自由，又向往做官，其实这二者是很难兼得的。李白本人似乎不明白这一点。一直到临死的前一年，他还在向李光弼主动请缨。由于二者不可兼得，他就很悲愤，很不平。因为悲愤，因为不平，他写下了很多好诗，成了一位最伟大的诗人。如果李白求官顺利，在官场如鱼得水，他就没有悲愤和不平了，也就没有了诗人李白。“愤怒出诗人”，这话用在李白的身上最为恰当。

6. 自由的写作

李白追求自由，也体现在他对文体的选择上。李白很少写五、七言律诗，因为这种诗要讲格律，写起来不自由。他更多的是写五、七言古诗，这是古代的自由诗。李白也写了不少五、七言绝句，这种诗虽然也是格律诗，但是在格律上远没有五、七言律诗那么复杂。

蜀道难[①]

李白

噫吁嚱[②]，危乎高哉！

蜀道之难，难于上青天。

蚕丛及鱼凫，开国何茫然！

尔来四万八千岁，不与秦塞通人烟。

西当太白[③]有鸟道，可以横绝峨嵋巅。

地崩山摧壮士死，然后天梯石栈相钩连[④]。

【简注】

①蜀道难：乐府旧题，“备言铜梁、玉垒（皆蜀中山名）之阻”（《乐府解题》）。②噫吁嚱(yī xū xī)：惊叹词。宋祁《宋景文公笔记》：“蜀人见物惊异，辄曰‘噫吁嚱’。李白作《蜀道难》，因用之。”③太白：终南山主峰。④“地崩”两句：写古蜀道之开辟。对此有两说。一见《艺文类聚》卷九四引《蜀王本纪》：“秦惠王欲伐蜀，乃刻五石牛，置金其后。蜀人见之，以为牛能大便金。……蜀王以为然，即发卒千人，使五丁力士，拖牛成道，致三

上有六龙回日之高标，下有冲波逆折⑤之回川。

黄鹤之飞尚不得过，猿猱欲度愁攀援。

青泥何盘盘！百步九折萦岩峦。

扪参历井仰胁息⑥，以手抚膺坐长叹。

问君西游何时还？畏途巉岩不可攀。

但见悲鸟号古木，雄飞雌从绕林间。

又闻子规啼夜月，愁空山。

蜀道之难，难于上青天，使人听此凋朱颜。

连峰去天不盈尺，枯松倒挂倚绝壁。

飞湍瀑流争喧豗，砯崖转石万壑雷。

其险也若此，嗟尔远道之人胡为乎来哉！

枚于成都。秦得道通，石牛力也。后遣丞相张仪，随石牛道伐蜀。”一见同书卷九六引《蜀王本纪》：“秦惠王欲伐蜀。蜀王好色，乃献美女五人。蜀王遣五丁迎女。还至梓潼，见一大蛇入山穴中，一丁引其尾，不能出，五丁共引蛇，山崩，压五丁。”蜀王或好财，或好色，都被秦人钻了空子。蜀人不一定没有秦人聪明，只因当时的战胜国是秦国，故有此两说。战国时，秦惠王灭蜀，置蜀郡，秦蜀始交通往来。⑤逆折：回旋曲折。⑥扪参历井：参、井为二星宿名。参为蜀之分野，井为秦之分野。胁息：屏气不敢呼吸。

剑阁峥嵘而崔嵬[7]，一夫当关，万夫莫开。

所守或匪亲，化为狼与豺。

朝避猛虎，夕避长蛇。

磨牙吮血，杀人如麻。

锦城虽云乐，不如早还家。

蜀道之难难于上青天，侧身西望长咨嗟！

【简注】

⑦剑阁：在今剑阁县北大小剑山之间，又名剑门关。峥嵘：高峻貌；崔嵬：高而不平貌。

【导读】

自由的诗体——不拘字数，不拘句数，不拘平仄，不拘韵脚。

自由的想象——忽而神话，忽而传说，忽而历史，忽而现实，忽而自然，忽而人事。

自由的情绪——忽而惊诧，忽而豪迈，忽而忧虑，忽而劝谏。

自由的语言——忽而散文的语言，忽而诗的语言；忽而瑰丽，忽而质朴；忽而夸张，忽而平实。

作品的主题是什么呢？过去有几种说法。或以为是讽唐玄宗幸蜀，或以为是讽某位镇蜀的大员，或以为是写仕途之坎坷。其实都不正确，尤其是第一说不靠谱。此诗最晚作于天宝三年，贺知章致仕前就曾见过，那时离“安史之乱”后玄宗幸蜀还有十多年。

一首诗的主题，就相当于一支曲子的主旋律。主旋律的特点就是在一支曲子中反复出现。这首诗的主题，或者说主旋律，就是“蜀道难”。“蜀道之难难于上青天”这一句，在诗中三次出现，反复咏叹，这就是作品的主题，或者主旋律。也就是说，这首诗的主题，乃极写蜀道之艰难险阻。

将进酒①

李白

君不见黄河之水天上来，奔流到海不复回！

君不见高堂明镜悲白发，朝如青丝暮成雪！

人生得意须尽欢，莫使金樽空对月。

【简注】

①将进酒：乐府旧题。“大略以饮酒放歌为言”（《乐府诗集》）。

天生我材必有用，千金散尽还复来[②]。

烹羊宰牛且为乐，会须一饮三百杯。

岑夫子，丹丘生[③]，将进酒，杯莫停。

与君歌一曲，请君为我倾耳听。

钟鼓馔玉不足贵，但愿长醉不用醒。

古来圣贤皆寂寞，惟有饮者留其名。

陈王昔时宴平乐，斗酒十千恣欢谑[④]。

主人何为言少钱？径须沽取对君酌！

五花马，千金裘，呼儿将出换美酒，与尔同销万古愁！

【简注】

②千金散尽还复来：李白《上安州裴长史书》："曩昔东游维扬，不逾一年，散金三十余万，有落魄公子，悉皆济之。"③岑夫子：岑勋：南阳人；丹丘生：元丹丘，道士。二人皆李白好友。④恣欢谑（xuè）：尽情欢乐。

【导读】

此诗当作于天宝三年以后，即李白被"赐金放还"之后。它充分表达了诗人对自由人生的向往和追求，最能体现李白的个性特点。人寿有限，即时行乐，似乎是一种消极的人生观；但是另一方面，由于这种行乐又是建立在“天生我才必有用”的充分自信的基础上的，所以也有积极的意义。更重要的是，“古来圣贤皆寂寞，惟有饮者留其名”以及“呼儿将出换美酒，与尔同销万古愁”这四句，表达了对现实的不满和怨愤，因而也能激起人们的强烈共鸣。

梦游天姥①吟留别

李白

海客谈瀛洲，烟涛微茫信难求。

越人语天姥，云霓明灭或可睹。

天姥连天向天横，势拔五岳掩赤城②。

天台③四万八千丈，对此欲倒东南倾。

我欲因之梦吴越，一夜飞度镜湖月。

湖月照我影，送我至剡溪④。

谢公宿处今尚在，渌水荡漾清猿啼。

脚著谢公屐⑤，身登青云梯。

半壁见海日，空中闻天鸡⑥。

【简注】

①天姥：越中名山，在今浙江嵊州东，天台县西北。②赤城：越中山名，在天台县西北。山上赤石屏列如城，状似云霞。③天台：越中名山，在天台县城北，是佛教天台宗的发源地。④剡溪：在浙江嵊州南。李白《秋下荆门》：“此行不为鲈鱼脍，自爱名山入剡中。”⑤谢公屐：《南史·谢灵运传》：“登蹑常着木屐，上山则去其前齿，下山则去其后齿。”⑥天鸡：《玄中记》：“东南有桃都山，上有大树，名曰桃都，枝相去三千里，上有天鸡。日初出照此木，天鸡即鸣，天下鸡皆随之。”

千岩万转路不定，迷花倚石忽已暝。

熊咆龙吟殷⑦岩泉，栗深林兮惊层巅。

云青青兮欲雨，水澹澹兮生烟。

列缺霹雳⑧，丘峦崩摧。

洞天⑨石扇，訇然中开。

青冥⑩浩荡不见底，日月照耀金银台⑪。

霓为衣兮风为马，云之君⑫兮纷纷而来下。

虎鼓瑟兮鸾回车，仙之人兮列如麻。

忽魂悸以魄动，怳惊起而长嗟。

惟觉时之枕席，失向来之烟霞。

世间行乐亦如此，古来万事东流水。

别君去时何时还，且放白鹿⑬青崖间，

须行即骑访名山。

安能摧眉折腰事权贵，使我不得开心颜！

【简注】

⑦殷（yǐn）：震动。⑧列缺：闪电；霹雳：惊雷。⑨洞天：道家称仙人所居之地。⑩青冥：青天。⑪金银台：神仙居处。⑫云之君：指乘风云而降的仙人。⑬白鹿：仙人所乘。

【导读】

这首诗，《河岳英灵集》作《梦游天姥山别东鲁诸公》，另作《别东鲁诸公》。天宝三载（744），李白被“赐金放还”，遂离京漫游梁、宋、齐、鲁，并决定南游。这首诗为诗人自东鲁赴吴越之前所作，时间当在天宝四年、五年。

这是一首以记梦形式写的游仙诗。游仙诗是中国古诗的一个重要类型，在李白之前，已经形成悠久的传统。屈原、曹操、阮籍、郭璞等许多人都写过游仙诗。游仙的本质，在于突破现实时空的限制，获得超现实的自由。而事实上，现实是难以超越的，尤其不能超越生死。因此，在古代虽有很多人写游仙诗，但是多数人并不相信神仙，曹操就是一个很好的例子。李白的态度是矛盾的，有时候信，有时候又不信。就如这首诗，开头就说：“海客谈瀛洲，烟涛微茫信难求。”这说明他不信。作为海上三神山之一的瀛洲既不可求，那么神仙之说自然不可信。这首诗，是写他在梦里见到了神仙。“霓为衣兮风为马，云之君兮纷纷而来下。虎鼓瑟兮鸾回车，仙之人兮列如麻。”多热闹、多壮观啊！可是醒来之后，一切都没了。他由此悟出一个道理，即“世间行乐亦如此，古来万事东流水”；“神马都是浮云”。既然如此，那么“且放白鹿青岩间”就是一句空话。“访名山”可以，但未必能见到神仙，更不可能成为神仙。所以这首诗真正要表达的，是最后这两句：“安能摧眉折腰事权贵，使我不得开心颜！”就是说，他去“访名山”，是为了远离那些权贵们，获得一个耳根清净，心灵自由。至于能不能遇到神仙，并不重要。

李白一生都在追求自由，但是当这种追求受到现实的阻碍时，他就很悲愤。例如下面这两首诗：

行路难[①]（三首选一）

李白

金樽清酒斗十千，玉盘珍羞直万钱。
停杯投箸不能食，拔剑四顾心茫然。
欲渡黄河冰塞川，将登太行雪暗山。
闲来垂钓坐溪上，忽复乘舟梦日边[②]。
行路难，行路难，多歧路，今安在。
长风破浪[③]会有时，直挂云帆济沧海。

【简注】

①行路难：乐府旧题，“备言世路艰难及离别伤悲之情”（《乐府古题要解》）。②乘舟梦日边：伊挚将应汤命，梦乘船过日月之旁。③长风破浪：《宋书·宗悫传》：“悫年少时，（叔父）炳问其志，悫曰：愿乘长风破万里浪。”

【导读】

“欲渡黄河冰塞川，将登太行雪暗山。”意指走投无路，几乎要困死了。但是最后仍然没有放弃对理想的追求，仍然想象着有朝一日会像姜尚和伊挚那样，风云际会；想象着有朝一日像宗悫所说的那样，乘风破浪而行。情绪变化很大，意象的跳跃性也很大，风格豪迈。由此我们也可以看出，李白所心仪的人物都是历史上有大作为的贤相，决不是一般的官僚。

宣州谢朓楼饯别校书叔云①

李白

弃我去者，昨日之日不可留，
乱我心者，今日之日多烦忧。
长风万里送秋雁，对此可以酣高楼。
蓬莱文章建安骨②，中间小谢又清发③。
俱怀逸兴壮思飞，欲上青天览明月。
抽刀断水水更流，举杯销愁愁更愁。
人生在世不称意，明朝散发弄扁舟。

【简注】

①校书叔云：校书郎李华。李华，赵州赞皇人，开元二十年进士，尝任秘书省校书郎，天宝十一载（743）任监察御史，累转侍御史。他是著名的古文家，与萧颖士齐名，世称“萧李”，代表作有《吊古战场文》。李白称李华为叔，李华为山东李氏而非陇西李氏。②蓬莱文章建安骨：蓬莱指东汉皇家藏书和著书处东观；蓬莱文章、建安风骨，在这里都是指李华的文章。③小谢又清发：小谢即谢朓，李白自比。清发：清新俊逸。

【导读】

此诗一名《倍侍御叔华登楼歌》。如果是这个题目，说明写在天宝十一载以后；此时的李白正郁闷。此诗的情绪波动更大，意象的跳跃性也更大。这种强烈的波动和跳跃，导致了作品的豪放。之所以感到“抽刀断水水更流，举杯销愁愁更愁”，是因为理想无由实现，现实环境不自由。

望庐山瀑布（其二）

李白

日照香炉生紫烟，遥看瀑布挂前川。

飞流直下三千尺，疑是银河落九天。

【导读】

李白两次上庐山，一次在25岁左右刚出川时；一次在55岁左右，即“安史之乱”爆发的前夕。此诗作于何时，不详，但可以看做对大自然的自由状态的一种赞美。

早发白帝城[①]

李白

朝辞白帝彩云间，千里江陵一日还[②]。
两岸猿声啼不尽，轻舟已过万重山。

【简注】

①白帝城：在今重庆奉节县城东瞿塘峡口，为东汉初公孙述建。述据蜀称帝，色尚白，号白帝，故名。②“千里江陵一日还”句：郦道元《水经注·江水》：“有时朝发白帝，暮到江陵，其间千二百里，虽乘奔御风，不以疾也。”

【导读】

唐肃宗乾元二年（759），李白被流放夜郎，行至白帝城，遇赦。此诗即是写遇赦后重获自由的心情。

李白追求自由，性情豪迈洒脱。可是事实上，他所向往的自由是难以实现的，而且不被俗人所理解，所以他的内心实际上是非常孤独、非常苦闷的。我们不能只看到他豪放的一面，却看不到他内心孤独、苦闷的一面。

独坐敬亭山[1]

李白

众鸟高飞尽，孤云独去闲。
相看两不厌，只有敬亭山。

【简注】

①敬亭山：在安徽宣州北，黄山的一个支脉，最高峰也只有317米，并不高。然因谢朓有过题咏，故很知名。李白曾经七上敬亭山，写过许多诗。

【导读】

李攀龙《唐诗训解》："鸟飞云去，似有厌时。求不相厌者，惟此敬亭耳。描写独坐之景，非深知山水趣者不能道。"所谓"山水趣者"，即天人合一之境。然此诗之内涵实不仅此。它实际上也体现了人的孤独。

月下独酌（四首选一）

李白

花间一壶酒，独酌无相亲。
举杯邀明月，对影成三人。
月既不解饮，影徒随我身。
暂伴月将影[1]，行乐须及春。
我歌月徘徊，我舞影零乱。
醒时同交欢，醉后各分散。
永结无情游[2]，相期邈云汉。

【简注】

①伴月将影：伴随着月和影。将：和，共。②无情游：忘情之游。

【导读】

只有月、影相伴，连山都没有了。其孤独可想而知。

正因为生活中的李白是孤独的，所以他非常看重人世间的真正的亲情、爱情和友情。他这方面的作品写得既真诚，又感人。例如：

静夜思

李白

床前明月光，疑是地上霜。

举头望明月，低头思故乡。

【导读】

写亲情。这个“床”，可能是指井栏，不是指睡觉的床。井栏在户外。

如果是指睡觉的床，那是在室内，如何能够举头而望到明月？

黄鹤楼送孟浩然之广陵

李白

故人西辞黄鹤楼，烟花三月下扬州。

孤帆远影碧空尽，唯见长江天际流。

【导读】

孟浩然之广陵，当是在开元二十五年（737）张九龄任荆州大都督府长史的时候。张九龄署他为“从事”，派他去扬州公干，他经过武昌时与李白相会。李白写了这首诗送他。

这是写友情。其中也流露出朋友走后的孤独。李白对孟浩然的评价极高。

长干行（二首选一）

李白

妾发初覆额，折花门前剧。

郎骑竹马来，绕床弄青梅。

同居长干里，两小无嫌猜。

十四为君妇，羞颜尚不开。

低头向暗壁，千唤不一回。

十五始展眉，愿同尘与灰。
常存抱柱信，岂上望夫台？
十六君远行，瞿塘滟滪堆。
五月不可触，猿鸣天上哀。
门前迟行迹，一一生绿苔。
苔深不能扫，落叶秋风早。
八月蝴蝶来，双飞西园草。
感此伤妾心，坐愁红颜老。
早晚下三巴？预将书报家。
相迎不道远，直至长风沙。

【导读】

此诗以代言体的方式，叙述了一个完整的爱情故事，深情绵邈。要真正理解这首诗，须和杜甫的《新婚别》对读。李白是个自由的人，他笔下的这个女子也有某些自由色彩。例如“低头向暗壁，千唤不一回”。只要她不高兴，你唤她一千遍她也不回头。如果她高兴了，她会走很远的路程去迎接自己的爱人：“相迎不道远，直至长风沙。”“长风沙”在今天的安徽安庆境内，离长干里（今南京市内）是很远的。

同是少妇，杜甫《新婚别》中的那个女主人公就不是这样了，很拘谨，很压抑，言行都不自由。由此我们可以看出李白和杜甫这两位诗人在思想意识上的差异。这与他们所接受的地域文化的影响是有关系的。

第七讲

杜甫的眼泪

为什么我的眼里常含泪水？

因为我对这土地爱得深沉。

——艾青《我爱这土地》

如果说，在李白的诗里，几乎篇篇都有“酒”的话，那么，在杜甫的诗里，则可以说，几乎篇篇都有“泪”。他总在流泪，悲伤的时候流泪，高兴的时候也流泪。

一、“奉儒守官”的家世

杜甫（712—770），字子美，祖籍襄阳（今属湖北），生于巩县（今河南巩义），郡望京兆杜陵，曾居城南之下杜城，故自称“杜陵布衣”、“杜陵野老”。杜陵是汉宣帝的陵墓；在杜陵的西南，是汉宣帝许皇后的陵墓，叫少陵，故杜甫又自称“少陵野老”。

杜甫出生在一个典型的“奉儒守官”之家。

他的十三世祖杜预，是西晋大将军，曾住守荆州（治襄阳），封当阳侯，著有《春秋经传集解》，自称有“左传癖”。曾祖杜依艺，官至河南巩县令。祖父杜审言，初唐著名诗人，官至尚书膳部员外郎。父亲杜闲，官至奉天（今陕西乾县）县令。岳父杨怡，曾官奉先（今陕西蒲城）县令。

可见杜甫出生在一个典型的“奉儒守官”之家。因此从小养成了用世之志。他的理想，就是“致君尧舜上，再使风俗淳”（《奉赠韦左丞丈二十二韵》），要让皇帝成为有道德的皇帝，要让社会风气淳朴起来。他的理想就是儒家的理想。

二、坎坷的仕途，漂泊的人生

杜甫幼年丧母，寄养于姑母家。“他自小就多病。有一天可叫姑母为难了。儿子和侄儿都病着，据女巫说，要病好，病人非睡在东南角的床上不可；但是东南角的床铺只有一张，病人却有两个。老太太居然下了决心，把侄儿安顿在吉利的地方，叫自家的儿子填了侄儿的空子。想不到决心下了，结果就来了。子美长大了，听见老人家讲姑母如何让表兄给他替了死，他一辈子觉得对不起姑母。”（闻一多《唐诗杂论·杜甫》）杜甫的一颗仁爱之心是如何养成的？儒家的思想道德的熏陶固然重要，但是这种亲身经历恐怕更重要。

杜甫也是一个少年天才。“七龄思即壮，开口咏凤凰”（壮游）骆宾王七岁咏鹅，号称“神童”。杜甫7岁咏凤凰，也可以称为“神童”。遗憾的是，他在25岁以前写的诗都没有保存下来。我们现在所能看到的他最早的诗是《望岳》，写于开元二十五年（737），时年25岁。

杜甫的生身既好（也是一个官二代），人又极聪慧，但是命运坎坷。他一生参加过两次进士考试。一次是在24岁的时候，在洛阳参加“府试”，没有通过。一次是在36岁的时候，在长安参加“会试”，也没有通过。这一次是因为宰相李林甫设了一个骗局。唐代的进士考试考三门。一门是“贴经”，就是考儒家的经典；一门是“诗赋”，一门是“策论”。这个“策论”，相当于今天公务员考试中的“申论”。考生们必须在“策论”中就天下大事发表议论和见解。许多人也就借此机会，在卷子中抨击时政。李林甫是当朝宰相，做了许多坏事。他就担心考生们在“策论”中抨击他。如果考生通过了“会试”，就要进入最后一道程序——“殿试”。“殿试”中也有“策论”。“殿试”是皇帝亲自主持的，考生的卷子皇帝会看到。如果皇帝在“殿试”的“策论”中看到了抨击时政的文章，那么对他这个宰相是很不利的。于是他就指使“会试”的主考官，一个都不录取。也就是说，不让他们有进入“殿试”的机会。这一次的“会试”中，就有杜甫。李林甫刷掉了所有的“会试”考生，皇帝就感到奇怪，问是怎么回事。李林甫说：通过多次的考试，人才都已选拔上来了，现在是“野无遗贤”哪！皇帝一听说“野无遗贤”，就高兴了，不再过问。

唐代的读书人求官，主要有三条途径。一是父祖的庇荫，二是科举考试，三是从军入幕。杜甫的父祖官都不大，庇荫不了他。他们的身体自小就不好，也不宜从军入幕，而科举考试又一再失败。怎么办呢？他采取了一种自荐的办法，向皇帝上《三大礼赋》（《明主朝献太清》、《朝享太庙》和《有事于南效》）。这一下惊动了皇帝。玄宗奇之，使待制集贤院，命宰相试文章，但未授官职。他又赠诗韦济、张垍等人，希求引荐，也都落空了。

自荐和找人引荐，都落空了，怎么办呢？无可奈何之下，他只能“卖药都市，寄食朋友”。杜甫在长安连吃饭都成问题，所以他的卖药是不可能有店铺的，也就是摆个地摊吧，类似于广东人说的“走鬼”。幸好那个时候还没有现在这么利害的城管，不然也会被城管掀翻了摊子，甚至挨打。他在《奉赠韦左丞丈二十二韵》里，记录了自己这一时期的悲苦的生活：

朝扣富儿门，暮随肥马尘。
残羹与冷炙，到处潜悲辛。

天宝十四年（755），“安史之乱”爆发。这年十一月，他自长安回奉先（今陕西蒲城）省亲。“入门闻号咷，幼子饥已卒。”像他这样的小地主家庭，一不用交租税，二不用服兵役，享有一定的国家福利，居然还会饿死人，可见社会已经出了严重问题。事实上，就在他回家省亲的时候，“安史之乱”已经在范阳爆发，只是朝廷还不知道而已。第二年六月，“安史”叛军进入潼关的前夕，唐玄宗逃往蜀中，太子李亨在灵武（今属宁夏）即皇帝位。杜甫欲赴行在，为叛军所得，被押回长安。至德二年（757），他终于逃出长安，到了皇帝的行宫所在地凤翔。“麻鞋见天子，衣袖露两肘”（《述怀》）。皇帝有些感动，就封他一个左拾遗，故世称“杜拾遗”。这是杜甫平生得到的第一个职务，时年46岁。

但是好景不长。这年10月，宰相房琯（唐代开国元勋房玄龄之孙）兵败陈涛斜，唐军四五万人几乎全军覆灭。皇帝非常生气。第二年春天，又因琴客董庭兰之故，被罢相。杜甫上疏为他说情，言“罪细，不宜免大臣”。皇帝震怒，要把杜甫交给有司问罪，因宰相张镐的营救而得免。张镐说：“甫若抵罪，绝言者路。”皇帝这才消气，许他回鄜州省亲（至德元年，他已把家由奉先移到鄜州了）。

杜甫回京之后，被贬为华州司功参军。由于关辅一带严重饥荒，杜甫辞掉官职，携家客居于秦州（今甘肃天水）一带。他带着一家老小上山砍柴，拾橡栗充饥，受尽难民之苦。

乾元二年（759）底，杜甫到达成都。在亲友的资助之下，在成都西郊的浣花溪盖了几间茅屋，也就是大家熟知的“杜甫草堂”。第三年冬天，严武任剑南东西川节度使。严武和杜甫有通家之谊，对杜甫有所接济。但是好景不长。次年七月，严武就回京了。接着，剑南兵马使徐知道造反，成都一片混乱，杜甫不得已移家梓州（今四川梓潼），其间又曾在阆州

（今四川阆中）住过一段时间。广德二年（764）二月，严武再镇蜀，杜甫还成都。严武表奏杜甫为节度参谋、检校工部员外郎，故世称“杜工部”。一年以后，严武去世。杜甫离开成都，经渝州（今重庆）出三峡，在云安养病一段时间。

大历元年（766）春，杜甫到了夔州（今重庆奉节），居瀼（ràng）西。亲戚送给他一处房子，房子周边还有果园40亩，菜园子数亩。在不远处的东川，还有稻田200多亩，都交给他打理。他在这里住了两年。应该说，这两年，是他自“安史之乱”以来最为安定的两年。按说是可以住下去的，但是，他一心想着朝廷，想着家乡，想着北方。两年之后，他还是走了。北方一直都在打仗，先是“安史之乱”，“安史之乱”尚未平息，接着又有“吐蕃之乱”；“吐蕃之乱”尚未平息，接着又有“回纥之乱”，他根本回不去。他带着一家人，乘着一叶孤舟，在江陵、公安、岳州、潭州一带漂泊。大历五年（770）四年，避乱入衡州，打算去投奔在郴州做刺史的舅舅崔伟。

《旧唐书》卷一九〇《文苑传》载：

> 甫以其家避乱荆楚，扁舟下峡，未维舟而江陵乱，乃泝沿湘流，游衡山，寓居耒阳。甫尝游岳庙，为暴水所阻，旬日不得食。耒阳聂令知之，自棹舟迎甫而还。永泰二年，啖牛肉白酒，一夕而卒于耒阳，时年五十九。

闻一多《少陵先生年谱会笺》：

> 因至耒阳，时属江涨，泊方田驿，半旬不得食，聂令驰书为致牛炙白酒。盛夏回棹，秋至潭州，小憩，遂遍别亲友，溯湘而下。冬，竟以寓卒于潭岳间，旅殡岳阳。

杜甫不是死在耒阳，而是死在潭岳间（长沙到岳阳这一带）。当以闻一多先生的考据结果为准。

杜甫享年59岁，子宗武，流落湖、湘而卒。40年后，其灵柩由其孙杜嗣业归葬于河南偃师县西北首阳山之前。元稹为作《墓系铭并序》。

杜甫的忧患从24岁开始，一直到死才了结。他亲历洛阳府试失败、进士考试失败、仕途坎坷、穷困与漂泊、国家动乱、民不聊生、官场腐恶、社会不公，故他的一生，是忧国、忧民、忧生、忧世的一生。

三、悲悯的情怀，真率的性格

杜甫“致君尧舜上，再使风俗淳”的理想为什么不能实现？除了身经乱世，生不逢时之外，也与他的人格和个性有关。杜甫是一个人格高尚的人，也是一个个性非常真率的人。

中国古代文学家的人格类型，大致可以分为三种：愤世嫉俗型，悲天悯人型，混合型。

《新唐书》卷二〇一《文艺传》：

> 数尝寇乱，挺节无所汙。为歌诗，伤时桡弱，情不忘君，人怜其

忠云。

杜甫显然属于悲天悯人那一种，与李白的愤世嫉俗有所不同。但是他真率的个性，又和李白有几分相似。

《新唐书》卷二〇一《文艺传》：

（甫）流落剑南，结庐成都西郭。召补京兆功曹参军，不至。会严武节度剑南东西川，往依焉。武再帅剑南，表为参谋、检校工部员外郎。武以世旧，待甫甚善，亲入其家。甫见之，或时不巾，而性褊躁傲诞，尝醉登武床，瞪视曰："严挺之乃有此儿！"武亦暴猛，外若不为忤，中衔之。一日，欲杀甫及梓州刺史章彝，集吏于门。武将出，冠钩于帘三，左右白其母，奔救得止，独杀彝。

为人真率不可为官。杜甫一生只做过三次官：第一次是在46岁的时候，做"左拾遗"，只做了一年零一个月。第二次是做华州司功参军，时间是乾元元年（758）秋冬之际至乾元二年夏秋之间，不到一年就辞职了。第三次，是在53岁的时候，由剑南东西川节度使严武表奏为节度参谋、检校工部员外郎。杜甫做节度参谋，只有半年时间。

杜甫辞职三个月后，严武才死。杜甫在严武死前就辞职，说明《新唐书》的那一段记载可能是真实的。

杜甫是一个正直的人，一个高尚的人，一个富有同情心的人，一个富有责任感的人，一个悲天悯人的人，一个忧国、忧民、忧生、忧世的人，一个伟大的人民诗人。

忧伤，是其作品的主旋律。他的诗，几乎篇篇都有忧伤，篇篇都有眼泪。

自京赴奉先县咏怀五百字

杜甫

杜陵有布衣，老大意转拙。
许身一何愚，窃比稷与契。
居然成濩落，白首甘契阔。
盖棺事则已，此志常觊豁。
穷年忧黎元，叹息肠内热。
取笑同学翁，浩歌弥激烈。
非无江海志，萧洒送日月。
生逢尧舜君，不忍便永诀。
当今廊庙具，构厦岂云缺？
葵藿倾太阳，物性固莫夺。
顾惟蝼蚁辈[①]，但自求其穴。
胡为慕大鲸，辄拟偃溟渤？
以兹误生理，独耻事干谒。
兀兀遂至今，忍为尘埃没？
终愧巢与由，未能易其节。

【简注】
①顾惟句：愤慨性的自谦之词。顾惟：自念。

沉饮聊自遣，放歌颇愁绝。
岁暮百草零，疾风高冈裂。
天衢阴峥嵘，客子中夜发。
霜严衣带断，指直不得结。
凌晨过骊山，御榻在嵽嵲。
蚩尤塞寒空，蹴蹋崖谷滑。
瑶池气郁律②，羽林相摩戛③。
君臣留欢娱，乐动殷胶葛。
赐浴皆长缨，与宴非短褐。
彤庭所分帛，本自寒女出。
鞭挞其夫家，聚敛贡城阙。
圣人筐篚恩，实欲邦国活。
臣如忽至理，君岂弃此物？
多士盈朝廷，仁者宜战栗。
况闻内金盘④，尽在卫霍室。
中堂舞神仙，烟雾蒙玉质。
暖客貂鼠裘，悲管逐清瑟⑤。
劝客驼蹄羹，霜橙压香橘。
朱门酒肉臭，路有冻死骨。
荣枯咫尺异，惆怅难再述。

【简注】

②郁律：烟雾蒸腾貌。③摩戛（jiá）：摩擦。④内金盘：内廷、大内的金盘。⑤悲管逐清瑟：管、瑟合奏。悲、清都是形容乐器的音色。逐：伴随。

北辕就泾渭[⑥]，官渡又改辙。
群冰从西下，极目高崒兀[⑦]。
疑是崆峒[⑧]来，恐触天柱折。
河梁幸未坼，枝撑声窸窣。
行旅相攀援，川广不可越。
老妻寄异县，十口隔风雪。
谁能久不顾，庶往共饥渴。
入门闻号咷，幼子饥已卒。
吾宁舍一哀[⑨]，里巷亦呜咽。
所愧为人父，无食致夭折。
岂知秋禾登，贫窭[⑩]有仓卒？
生常免租税，名不隶征伐。
抚迹[⑪]犹酸辛，平人固骚屑[⑫]。
默思失业徒，因念远戍卒。
忧端[⑬]齐终南，澒洞不可掇[⑭]。

【简注】

⑥泾渭：此指泾、渭二水合流之处。⑦崒（cù）兀：高而险貌。⑧崆峒：山名，泾河的发源地，在甘肃平凉西。⑨吾宁舍一哀：宁：岂能。舍：割舍。⑩贫窭（jù）：贫苦人家。⑪抚迹：回忆发生的事。⑫骚屑：原是形容风声，此处形容人的内心惊慌。⑬忧端：忧思的端绪。⑭澒洞（hòng dòng）：绵延，弥漫。掇（duō）：收拾。

【导读】

这是一首长达500字（100句）的五言古诗，写于天宝十四年（755年）的十一月，是杜甫由长安到奉先（今陕西蒲城）探亲的时候。这是一首忧生忧世的千古不朽之作。读懂了这首诗，也就读懂了杜甫。

第一部分，从开头到“放歌破愁绝”，写他在“出世”和“入世”之间的矛盾、犹豫和痛苦，但是，最后还是选择了“入世”。原因有二：一是“穷年忧黎元，叹息肠内热”；二是“生逢尧舜君，不忍便永诀”。这就是忧国和忧民。忧国和忧民，使得他放弃了“江海志”，放弃了“萧洒送日月”的生活，使得他活得那么累，那么辛苦。他希望“入世”，但是又“独耻事干谒”，又使得他的理想最后还是落空。他内心的纠结无法解脱，只有“沉饮聊自遣，放歌颇愁绝”。

第二部分，从“岁暮百草零”到“惆怅难再述”，写他经过骊山时的所见所闻和所感。那个时候，“安史之乱”实际上已经爆发，只是朝廷还不知道而已。皇帝还在骊山上带着一班达官贵人寻欢作乐，完全不顾底层人民的苦难：“君臣留欢娱，乐动殷胶葛。赐浴皆长缨，与宴非短褐。彤庭所分帛，本自寒女出。鞭挞其夫家，聚敛贡城阙。”社会的两极分化已经尖锐到极点，“朱门酒肉臭，路有冻死骨”的现实到了令人触目惊心的地步。这一段，集中地体现了杜甫的同情心和社会批判精神。他的思想还是有局限，不可能反对皇帝，只能把责任归结在那些贪官污吏的头上：“圣人筐篚恩，实欲邦国活。臣如忽至理，君岂弃此物？”他认为皇帝还是好的，只是做臣子的辜负了皇帝的期望。这种认识，再次体现了他的忧国、忧民的思想。他的忧国与忧君是联系在一起的。

第三部分，从“北辕就泾渭”到结束。写他经过泾渭汇合之处时的所见所感，写家里发生的悲剧，写自己作为父亲的愧疚，以及作为一位读书人对平民百姓的牵挂。这一段，集中体现了杜甫的仁者之心。孟子讲：“老吾老以及人之老，幼吾幼以及人之幼。”杜甫回到家，发现自己的小儿子饿死了。“入门闻号咷，幼子饥已卒。”“所愧为人父，无食致夭折。”小儿子居然饿死了，作为一个父亲，这是莫大的悲哀，也是莫大的愧疚。但是他接着想到，秋粮已经收回来了，怎么还会饿死人呢？像他这样的一不用交租税、二不用服劳役、三不用服兵役的家庭，居然还会饿死人，那么那些失业的人，在外地当兵的人，他们和他们的孩子又会怎样呢？“抚迹犹酸辛，平人固骚屑。默思失业徒，因念远戍卒。”平民的日子，失业徒的日子，远戍卒的日子，决不会比他这个“生常免租税，名不隶征伐”的家庭好。所以他的忧虑决不仅仅限于他一人，他一家，而是天下所有的平民百姓，而是整个的国家，所谓“忧端齐终南，澒洞不可掇”。

这首诗，创造性地发挥了五言古诗铺陈排比、夹叙夹议的特点，因此能够把复杂的思想感情和丰富的社会生活内容写得很充分。

这首诗写在“安史之乱”爆发的前夕。下面再看几首写在“安史之乱”期间的作品。

春望

杜甫

国破山河在，城春草木深。

感时花溅泪，恨别鸟惊心。

烽火连三月，家书抵万金。

白头搔更短，浑欲不胜簪。

【导读】

这是一首五言律诗，写在至德二年（757）的三月，也就是“安史之乱”爆发的第三个年头。

艺术特点：

1. 感慨深沉。诗的内容是“感时”和“恨别”。既有国家的不幸，又有个人的不幸。个人的不幸与国家的不幸是连在一起的，这是杜甫思想与创作的一个共同特点。

2. 结构完整而绵密。首联写国都之破败与荒凉，颔联写花、鸟之悲伤，颈联写战火的蔓延和家人的流离，尾联写个人之衰容。这是完整。“烽火”句照应“感时”，“家书”句照应“恨别”，这是绵密。

3. 作品对仗工整。

4.“感时”和“恨别”二句为移情。“花溅泪”即人溅泪，“鸟惊心”即人惊心。移情手法的成功运用，使感慨更加深沉，艺术效果更加强烈。

哀江头

杜甫

少陵野老吞声哭，春日潜行曲江曲[①]。
江头宫殿锁千门，细柳新蒲为谁绿？
忆昔霓旌下南苑[②]，苑中万物生颜色。
昭阳殿里第一人，同辇随君侍君侧。
辇前才人带弓箭，白马嚼啮[③]黄金勒。

【简注】

①曲江曲：曲江的幽深曲折之处。②南苑：芙蓉苑，在曲江之南。③嚼啮：啮（niè）：咬。黄金勒：以黄金为饰的马嚼口。

翻身向天仰射云，一笑正堕双飞翼。
明眸皓齿今何在？血污游魂归不得。
清渭东流剑阁深[④]，去住彼此无消息。
人生有情泪沾臆，江水江花岂终极？
黄昏胡骑尘满城，欲往城南望城北。

【简注】
④清渭东流剑阁深：杨贵妃葬马嵬，马嵬南滨渭水，渭水由西向东流。

【导读】

此诗亦写于至德二年（757）诗人陷贼之时。

艺术特点：

1. 运用对比的手法，抚今追昔，感慨万端。由“吞声哭”而“泪沾臆”，可见其伤心的程度。

2. 既有讽刺，也有同情。“同辇随君”，用汉成帝、班婕妤典故；“一笑”，用周幽王、褒姒典故。均为讽刺。而“清渭”两句则含同情。这种心情复杂的反思之作，实为白居易《长恨歌》，元稹《连昌宫词》、《行宫》等一系列反思之作的一个先声。

羌村[①]三首（其一）

杜甫

峥嵘[②]赤云西，日脚[③]下平地。
柴门鸟雀噪，归客千里至。
妻孥[④]怪我在，惊定还拭泪。
世乱遭飘荡，生还偶然遂。

【简注】
①羌村：在鄜州城北，旧址在今陕西富县岔口乡大申号村。②峥嵘：山高貌。③日脚：从云间露出的阳光。④妻孥：妻和小孩。

邻人满墙头，感叹亦歔欷⑤。

夜阑更秉烛，相对如梦寐。

【简注】

⑤歔欷：抽泣、哽咽。

【导读】

乾元元年（758）六月，诗人被解除左拾遗的职务，诏许回鄜州省亲，此诗即作于省亲之时。

特点：

1. 富于农村生活气息。

2. 感情真挚而朴实。宋人晏几道的名句“今宵剩把银釭照，犹恐相逢是梦中”（《鹧鸪天》）即由此诗结尾化出。

赠卫八处士

杜甫

人生不相见，动如参与商①。

今夕复何夕？共此灯烛光。

少壮能几时，鬓发各已苍。

访旧半为鬼，惊呼热中肠。

焉知二十载，重上君子堂。

昔别君未婚，儿女忽成行。

怡然敬父执，问我来何方。

问答未及已，驱儿罗酒浆。

【简注】

①参（shēn）与商：两颗星名。参在西，商在东，此出彼没，永不相见。比喻会面之难。

夜雨翦春韭，新炊间黄粱。
主称会面难，一举累十觞[②]。
十觞亦不醉，感子故意长。
明日隔山岳，世事两茫茫。

【简注】
②觞：酒杯。

【导读】

乾元元年（758）六月，诗人被解除左拾遗的职务，诏许回鄜州省亲之后，即赴华州之任。冬天，由华州赴洛阳。第二年春天，他再回华州。此诗即写于再回华州途中。

此诗最大的特点是一个“真”字。事真，景真，情真，感慨真。使人读后，既有身临其境之感，又有逝水流年之思。尤其是最后两句，真的就说中了。

天末怀李白

杜甫

凉风起天末，君子意如何？
鸿雁几时到？江湖秋水多。
文章憎命达，魑魅[①]喜人过。
应共冤魂语，投诗赠汨罗[②]。

【简注】
①魑魅（chī mèi）：山泽中的精怪。过：经过，魑魅喜人过而食之；或曰过即过失，小人伺君子过失而害之。②赠汨罗：谓李白投诗汨罗以吊屈原。“不曰‘吊’而曰‘赠’，说得冤魂活现”（黄生《杜诗说》卷四）。

【导读】

此诗作于乾元二年（759）杜甫流寓秦州（今甘肃天水）时。李白因李璘事长流夜郎。

唐代有两个地方叫夜郎，一在业州（今湖南西部的新晃侗族自治县），一在珍州（今贵州北部的正安县），这两个州在唐代都属于黔中道。去贵州境内的夜郎，可沿长江而上，经奉节（白帝城所在地）、渝州（今重庆）进入；去湖南境内的夜郎，可由洞庭湖经沅水一线到达，而阮水一线，正是当年屈原第二次被流放时所走过的路线。

杜甫讲“应共冤魂语，投诗赠汨罗”，是认为李白所去的夜郎在湖南境内。而事实上，李白走到白帝城遇赦，表明他当时是去贵州境内的夜郎。杜甫远在秦州，信息不通，因有是语。

杜甫对李白的感情很深。他了解李白，同情李白，知道像李白这样的人是不为世俗所容的，只有自己才真正理解李白的价值，所谓“世人皆欲杀，吾意独怜才”（《不见》）。李白流放夜郎的消息传到他这里，让他日夜牵挂，多次形诸梦寐，甚至以为李白已经不在人世了。请看《梦李白》这两首诗：

梦李白

杜甫

死别已吞声，生别常恻恻。
江南瘴疠地，逐客无消息。
故人入我梦，明我长相忆。
君今在罗网，何以有羽翼？

恐非平生魂，路远不可测。
魂来枫林青，魂返关塞黑。
落月满屋梁，犹疑照颜色。
水深波浪阔，无使蛟龙得。

其二

浮云终日行，游子久不至。
三夜频梦君，情亲见君意。
告归常局促，苦道来不易。
江湖多风波，舟楫恐失坠。
出门搔白首，若负平生志。
冠盖　京华，斯人独憔悴。
孰云网恢恢，将老身反累。
千秋万岁名，寂寞身后事。

【导读】

这两首诗，非常真实地描写了自己对李白的深切的思念和牵挂，表达了对他的无限的同情和理解。“冠盖满京华，斯人独憔悴”这两句名言，是对李白的现实处境的典型描述；而“千秋万岁名，寂寞身后事”两句，则是对李白的身后意义的精辟概括。

新婚别

杜甫

兔丝附蓬麻，引蔓故不长。
嫁女与征夫，不如弃路旁。
结发为妻子，席不暖君床。
暮婚晨告别，无乃太匆忙！
君行虽不远，守边赴河阳①。
妾身未分明，何以拜姑嫜。
父母养我时，日夜令我藏。
生女有所归，鸡狗亦得将。
君今往死地，沈痛迫中肠。
誓欲随君去，形势反苍黄。
勿为新婚念，努力事戎行。
妇人在军中，兵气恐不扬。
自嗟贫家女，久致罗襦裳。
罗襦不复施，对君洗红妆。
仰视百鸟飞，大小必双翔。
人事多错迕，与君永相望。

【简注】

①河阳：洛阳府的属县，今河南孟县。时逢安史之乱，大片土地沦陷，河阳也成了边塞之地而需要防守。

【导读】

这是“三吏”、“三别”中的一首。乾元二年（759），郭子仪、李光弼等九节度使以60万大军围攻相州（今河南安阳）的安史叛军，一战而唐军溃败。洛阳一带吃紧，唐王朝为补充兵力而强行征兵。此时作者正由洛阳赴华州，遂将沿途所见所闻写成“三吏”、“三别”。

《新婚别》这一首在人物心理的描写方面最为细致，也最能反映杜甫所接受的传统观念的影响。

这首诗的一个突出特点，是以女性（即新嫁娘）的口吻来叙述这样一个令人悲伤的故事。由于是女性的口吻，所以作品的思想、语言（包括比喻）、叙事风格等都非常符合中原地区一个农家女子的身份。“兔丝附蓬麻，引蔓故不长”、“生女有所归，鸡狗亦得将”、“妇人在军中，兵气恐不扬”、“罗襦不复施，对君洗红妆”等等，都很具体地体现了中原传统文化对妇女的影响。

新嫁娘的内心是非常痛苦的，所以讲话的时候有些前后重复，语无伦次。例如，已经说过“父母养我时，日夜令我藏”，这是回忆出嫁前在娘家的生活，可是在传述完出嫁之后，又一次回忆在娘家的生活：“自嗟贫家女，久致罗襦裳。”这种重复是一种有意义的重复，它真实地体现了新嫁娘内心的痛苦和迷茫。

我们可以把杜甫的这首《新婚别》与李白的那首《长干行》对读。从中不难看出，黄河流域的少女与长江流域的少妇在思想和行为上是有很大不同的。前者深受儒家思想的影响，缺乏主体性。后者没有那么多的儒家思想的束缚，在思想和行为上都有一定的主体性。

蜀　相

杜甫

丞相祠堂何处寻？锦官城外柏森森。
映阶碧草自春色，隔叶黄鹂空好音。
三顾频烦天下计，两朝开济①老臣心。
出师未捷身先死，长使英雄泪满襟。

【简注】

①两朝开济：先则辅佐刘备开创帝业，继而辅佐刘禅巩固帝业。济：原指过河，后有接济、救济等意思，可揣摩。

【导读】

此诗为上元元年（760）春杜甫到成都后作。诗的主旨是“英雄相惜”。

诸葛亮是一位英雄，生前为刘备规划天下大计，辅佐他成就帝业；刘备死后，又呕心沥血地辅佐刘禅，南征北讨，最后出师未捷而身先死。

诸葛亮的理想是统一天下，兴复汉室。兴复汉室虽然有些迂腐可笑，但统一天下还是很伟大的（当然，兴复汉室也许只是个口号）。可惜他没有获得成功。

杜甫对诸葛亮是非常推崇的，因为诸葛亮的思想行为符合儒家的理想道德。可是这样一位出师未捷而身先死的英雄人物，随着时间的推移，渐渐地就被人们遗忘了。那里的祠堂基本上没有什么人去瞻仰，所谓“映阶碧草自春色，隔叶黄鹂空好音”，显现的是一派荒凉、落寞的景象。

杜甫所悲主要在两点：一是诸葛亮事业未成，一是被人们遗忘。杜甫也是一位英雄，也是事业未成。而他所担忧的，恐怕也是死后被人们所遗忘。

茅屋为秋风所破歌

杜甫

八月秋高风怒号，卷我屋上三重茅①。

茅飞度江洒江郊，高者挂罥长林梢，下者飘转沉塘坳。

南村群童欺我老无力，忍能对面为盗贼。

公然抱茅入竹去，唇焦口燥呼不得，归来倚杖自叹息。

俄顷风定云墨色，秋天漠漠向昏黑。

布衾多年冷似铁，骄儿恶卧踏里裂。

【简注】

①三重茅：许多人都不能正确地解释“三重茅”，郭沫若尤甚。他在《李白与杜甫》一书中解释说：“屋顶的茅草有三重，这表明老屋的屋顶加盖过两次。一般地说来一重有四五寸厚，三重便有一尺多厚。这样的茅屋是冬暖夏凉的，有时候比起瓦房来还要讲究。”这种解释完全错误。所谓“三重茅”，是指屋上的茅草烂了，没有条件全部换新，只换掉烂得最厉害的那一块。但是过了一些时，那块换过的茅草又烂了，还是没有条件全部换新，再次把那一块烂得最厉害的换掉一部分。这就是“三重茅”，即有旧、比较旧、比较新三重茅草。

床床屋漏无干处，雨脚如麻未断绝。

自经丧乱少睡眠，长夜沾湿何由彻。

安得广厦千万间，大庇天下寒士俱欢颜，风雨不动安如山。

呜呼！何时眼前突兀见此屋，吾庐独破受冻死亦足。

【导读】

此诗作于肃宗上元二年（761）秋。作品由平而入，由入而平，最后又由平而入，凡三换韵，而以入声韵为主，感情激越。

此诗充分地体现了杜甫的同情心，即因己及人。

说到同情心，有四种表现：

一种是“饱汉不知饿汉饥”。西晋时有个惠帝，当时“天下荒乱，百姓饿死”，惠帝说：“何不食肉糜”？这个“肉糜”，就是广东人爱吃的素肉粥。

一种是“饱汉能知饿汉饥”。白居易的《观刈麦》写农民把租税交完之后，自己没有饭吃，就去捡地里剩下的麦穗："田家输税尽，拾此充饥肠。今我何功德，曾不事农桑。吏禄三百石，岁晏有余粮。念此私自愧，尽日不能忘。"

一种是"饿汉能知饿汉饥"。例如杜甫的这首诗："安得广厦千万间，大庇天下寒士俱欢颜，风雨不动安如山。呜呼！何时眼前突兀见此屋？吾庐独破受冻死亦足！"

一种是"饿汉不知饿汉饥"。如街头流浪者抢劫打工妹。

"饿汉能知饿汉饥"，这叫有同情心；

"饱汉能知饿汉饥"，这叫有良知；

"饿汉不知饿汉饥"和"饱汉不知饿汉饥"，这叫没有心肝。

郭沫若说杜甫住的"三重茅"的房子，"比起瓦屋来还要讲究"，这就是"饱汉不知饿汉饥"，也就是没有心肝。郭沫若是有钱人家的子弟，后来一直高官厚禄，他哪里知道穷人的辛酸？我的导师张国光先生讲，郭沫若的书要倒着读。越年轻，写的书越有价值；越老，写的书越没价值。

闻官军收河南河北

杜甫

剑外①忽传收蓟北②，初闻涕泪满衣裳。
却看妻子愁何在，漫卷诗书喜欲狂。
白日放歌须纵酒，青春作伴好还乡。
即从巴峡③穿巫峡，便下襄阳向洛阳。

【简注】
①剑外：剑门关以外，即剑南。时杜甫在梓州。②蓟北：蓟县以北。蓟县属幽州，系范阳节度使所在地，是"安史之乱"的发源地。③巴峡：指嘉陵江流经阆中至重庆的这一段。

【导读】

这是杜甫平生的一首快诗，也就是不再那样沉郁。但是其中仍然有眼泪，这是喜极而泣。

杜甫的梦想就是回到自己的家乡洛阳。这首诗的末尾原注云：“余田园在东京”，东京即洛阳。他把自己回家的路线都设计好了，从梓州（今四川三台）出发，沿着嘉陵江南下，经巴峡，到渝州（重庆），再穿过巫峡，沿江东下，到江陵上岸，经襄阳，然后一直往北，直到洛阳。可惜的是，北方的战事并未平息，他回家的愿望至死都未能实现。

旅夜书怀

杜甫

细草微风岸，危樯独夜舟。

星垂平野阔，月涌大江流。

名岂文章著？官因老病休。

飘飘何所似，天地一沙鸥。

【导读】

代宗永泰元年（765）正月，杜甫辞职。辞职的原因，他这里说是“因老病”，其实是不耐官府的那种繁文缛礼，那种平庸、琐碎、拘谨而又勾心斗角的生活。他虽然有入世的理想，但在本质上却是一个自由散漫的人。这种性格与为官是相矛盾的。他一生悲剧的根源就在这里。

这年四月，严武病逝。五月，杜甫携家离开成都，经嘉州（今四川乐山）、戎州（今四川宜宾）、渝州（今重庆）、忠州（今重庆忠县）而抵云安（今重庆云阳）。此诗或即此行途中所作。

首联和颔联，由岸边上的小草，写到孤舟上的桅杆，再写到星、月、平野和大江，由小景而中景，再由中景而大景。颈联转到自身。面对浩瀚的星空、辽阔的原野和奔腾而去的大江，作者想到了自己的处境和命运：名声竟因文章而著，官职则以老病而休。二者皆非所愿。尾联再把自己和天地作一对比，在广袤无垠的天地之间，自己不过是一个孤独而渺小的沙鸥而已。这首诗的价值，既不在写了壮阔之景，也不在写了旅途的孤独，而是在壮阔的背景之下，写了自己的处境和命运，这就是我们讲过的宇宙人生之思，是一种形而上的思考。

登 高

杜甫

风急天高猿啸哀，渚清沙白鸟飞回。
无边落木萧萧下，不尽长江滚滚来。
万里悲秋常作客，百年多病独登台。
艰难苦恨繁霜鬓，潦倒新停浊酒杯。

【导读】

这首诗，系大历二年（767）年重阳杜甫在夔州作。特点：

1. 是一首典型的悲秋之作。悲秋的价值，在于通过自然界的气候变化，联想到自身的处境和命运，从而产生一种生命之思。这个传统是宋玉开启的，至杜甫这首诗，而达到炉火纯青之境。

2. 作品境界高远，气势雄浑。

3. 语言精粹。

4. 对仗工整。

5. 章法错综。

这是杜甫七言律诗中最成功的作品。胡应麟甚至誉为“古今七言律第一”（《诗薮·内编》卷五）。

登岳阳楼

杜甫

昔闻洞庭水，今上岳阳楼。
吴楚东南坼，乾坤日夜浮。
亲朋无一字，老病有孤舟。
戎马关山北，凭轩涕泗流。

【导读】

这是大历三年（768）岁暮杜甫登岳阳楼而作。

1. 感慨深沉。晚景之写照。

2. 结构完整而绵密。首联写登楼之事，是为起；颔联写登楼之所见，是为承；颈联写登楼之所思，是为转；尾联写登楼之流泪，是为合。从结构上讲，此为完整。

因“戎马关山北”，使得“亲朋无一字”；因“戎马关山北”和“亲朋无一字”，使得“老病有孤舟”；因“戎马关山北”、“亲朋无一字”和“老病有孤舟”，使得“凭轩涕泗流”。个人的老病与漂泊无依，与国家的动乱有直接的关系。从结构上讲，此为绵密。

【小结】

1. 杜甫的诗歌，真实、深刻、典型地反映了那个由盛而衰的时代，反映了社会生活的各个方面，因此被称为“诗史”。

2. 杜甫诗兼众体，七古、五古、七律、五律，无一不精。七绝、五绝亦有许多佳作，因而被称为“集大成者”。

3. 杜甫的诗，几乎篇篇都有眼泪。忧国、忧民、忧生、忧世，而作品本身则结构完整而绵密，语言精致而铿锵，故称为“沉郁顿挫”。

4. 杜甫的影响一直到今天，与日月同光，万古不朽。

第八讲

低潮时的落寞与伤感

唐诗的历史就像一条河流，经过近半个世纪的酝酿，至王（勃）、杨（炯）、卢（照邻）、骆（宾王）、杜（审言）、沈（佺期）、宋（之问）以及刘（希夷）、张（若虚）、陈（子昂）、张（九龄），连续出现几个引人注目的波澜，只是还不够壮阔，还不能称为高潮。

至王（维）、孟（浩然）、高（适）、岑（参）、李（白）、杜（甫），可以说是波澜壮阔，高潮迭起。

王（维）、孟（浩然）、高（适）、岑（参）、李（白）、杜（甫）之后，则有一个相对低潮的时期。

低潮过后，又出现元（稹）、白（居易）、韩（愈）、孟（郊）和刘（禹锡）、柳（宗元），又是高潮迭起。

这个低潮时期，也就是从代宗大历到德宗贞元（766—805）这一段时期，通常称为“大历时期”。

过去人们对这一时期不够重视，总是习惯于拿这一时期的诗歌和盛唐时期的诗歌相比，认为后者不似前者那样明快、昂扬、洒脱和深广，局面太小，情调低沉，波澜不惊，不足为道。事实上，这一时期也是很重要的。

没有这样一个低潮期的酝酿，怎么会有另外一个高潮期的出现？

在这样一个低潮时期，实际上也出现了许多优秀的诗人。较著名的有韦应物，他是这个时期的山水田园诗的一个代表。还有李益，他是这个时期的边塞诗的一个代表。这两位诗人的作品都还有一些盛唐的余韵。另外还有张继、刘长卿，还有“大历十才子”。

“大历十才子”，据姚合《极玄集》、《新唐书》卢纶本传，以及《唐才子传》，均指卢纶、吉中孚、韩翃、钱起、司空曙、苗发、崔峒、耿湋、夏侯审、李端。宋以后则有不同说法。这里以《极玄集》、《新唐书》卢纶本传，以及《唐才子传》所说为准。

“大历十才子”是一个诗人群体，他们之间的交往、唱和比较多，命运大体相似，诗风也比较接近。《唐才子传》云：“纶与吉中孚、韩翃、耿湋、钱起、司空曙、苗发、崔峒、夏侯审、李端，联藻文林，银黄相望，且同臭味，契分俱深，时号‘大历十才子’。唐之文体，至此一变矣。”

“大历时期”的诗人有一个共同的特点，就是挥之不去的落寞、迷茫和伤感。他们都亲身经历过长达八年的“安史之乱”，以及接踵而至的吐蕃、回纥之乱，还有此起彼伏的军阀割据。开元、天宝盛世对他们来讲，已经是一个遥不可及的梦，而他们所处的则是一个乱世。在初、盛唐，文士的地位本来就没有武将高，而在他们所处的这个战乱频仍的年代，武将更加得势，甚至更加跋扈，文士则更加落寞。大历诗人既看不到国家的光明前景，也难以实现自己的人生理想，虽然在他们的作品里偶尔还能保留一点盛唐的余韵，但是更多的则是盛世之后的落寞、迷茫和伤感，连悲愤都不激烈。

许多人只会欣赏慷慨激昂的美，或者悲壮沉痛的美，而不会欣赏淡淡的忧伤。其实淡淡的忧伤才是真正的人生悲剧。

一、韦应物

韦应物（737 左右—792?），京兆万年（今陕西西安）人，出生于名门望族。其父韦銮和伯父韦鉴都是著名的画家。韦应物 15 岁“以三卫郎事玄宗”，武艺高强，精于骑射，豪纵不羁。其《逢杨开府》诗云：

少事武皇帝，无赖恃私恩。
身作里中横，家藏亡命儿。
朝持樗蒲饮，暮窃东邻姬。

司隶不敢捕，立在白玉墀。

骊山风雪夜，长杨羽猎时。

一字都不识，饮酒肆顽痴。

武皇升仙去，憔悴被人欺。

读书时已晚，把笔学题诗。

事实上，韦应物任玄宗卫士时，也曾入太学，但并不用功。只是在玄宗退位之后失去了靠山，才开始折节读书，且性格也发生了根本性的变化。《唐才子传》称其“为性高洁，鲜食寡欲，所居必焚香扫地而坐，冥心象外”。

韦应物于代宗广德元年（763）任洛阳丞，此后历任京兆府功曹、户县令、栎阳县令。大历十四年（779）以疾辞归，隐于西郊善福寺精舍；德宗建中二年（781）以后，先后任比部员外郎、滁州刺史、江州刺史、左司郎中、苏州刺史，世称“韦苏州”；贞元六年（790）以后，寓居苏州郊外之永定寺。他曾欲返归长安故居，因家贫未果，著有《韦苏州集》。

韦诗题材比较广泛，早期的作品也不乏刚健、明朗的盛唐之音，然而总体来讲，则是以闲适、散淡、平和为主。他是这一时期山水田园诗的一个代表，后人往往将他与王维、孟浩然、柳宗元并称为“王孟韦柳”。

寄李儋元锡[1]

韦应物

去年花里逢君别，今日花开已一年。
世事茫茫难自料，春愁黯黯独成眠。
身多疾病思田里，邑有流亡[2]愧俸钱。
闻道欲来相问讯，西楼望月几回圆。

【简注】

①李儋：曾官殿中侍御史；元锡：官至淄王傅。两人均是作者的好友。②流亡：灾民。

【导读】

此诗作于德宗兴元元年（784）春，作者时任滁州刺史。作品写了对友人的思念与期待，写了对田园生活的向往，写了自己作为一名地方官员见到老百姓流离失所时的不安与自责，同时也写了自己内心的迷茫与寂寞。

“身多疾病”两句是名句，可与高适的“拜迎官长心欲碎，鞭挞黎庶令人悲”（《封丘县》）对读。

寄全椒山[1]中道士

韦应物

今朝郡斋冷，忽念山中客。
涧底束荆薪，归来煮白石[2]。
欲持一瓢酒，远慰风雨夕。
落叶满空山，何处寻行迹？

【简注】

①全椒：唐时滁州属县，今亦是。山：当指神山。王象之《舆地纪胜·淮南东路·滁州》：“神山，在全椒县西三十里，有洞极深。唐韦应物《寄全椒山中道士》诗，此即道士

所居也。”②煮白石：葛洪《神仙传》卷二：“白石先生者，中黄丈人弟子也。尝煮白石为粮，因就白石山居，时人故号白石先生。”道家修炼服食石英，有所谓“煮五石英法”（见张君房《云笈七签》卷七四）。

【导读】

韦应物于德宗建中三年（782）四月除滁州刺史，兴元元年（784）冬罢任。此诗写于滁州刺史任内的某个秋天，真挚而深厚的情感以平和、恬淡的语言表达出来，诗境明净、雅洁，但难掩内心的寂寞和惆怅。

滁州西涧[①]

韦应物

独怜[②]幽草涧边生，上有黄鹂深树鸣。
春潮带雨晚来急，野渡无人舟自横。

【简注】

①滁州西涧：俗名上马河。②“独怜”两句：生，一作“行”。何良俊《四友斋丛说》：“韦苏州《滁州西涧》诗，有手书，刻在太清楼贴中。本作‘独怜幽草涧边行，尚有黄鹂深树鸣。’盖怜幽草而行于涧边，始与性情有关，今集本‘行’作‘生’，‘尚’作‘上’，则与我了无与矣。其为传刻之讹无疑。”

【导读】

此诗作于德宗贞元元年（785）作者罢滁州刺史闲居滁州西涧时。诗以淡笔写常景，动静相映，野趣横生。不过，在这野趣之中也包含了一种挥之不去的寂寞。

二、李益

李益（748—829），字君虞，陇西姑臧（今甘肃武威）人，徙居郑州（今属河南），大历四年（769）进士，大历六年为郑县主簿。大历九年，入渭北节度使臧希让幕府。建中二年（781），入朔方节度使李怀光幕府。贞元元年（785），入灵州大都督杜希全幕府。贞元六年（790）入邠宁节度使张献甫幕府。贞元十三年（797），入幽州节度使刘济幕府。官至礼部尚书。

计有功《唐诗纪事》：

李益“从事十八载，五在兵间，故为文多军旅之思”。

李肇《国史补》卷下：

李益诗名早著，有《征人歌且行》一篇，好事者画为图障，又有“回乐峰前沙似雪，受降城外月如霜。不知何处吹芦管，一夜征人尽望乡”。天下亦唱为乐曲。

李益身历玄、肃、德、代、顺、宪、敬、穆、文九朝，阅历丰富，诗名卓著，尤以边塞诗著称，是中唐边塞诗的代表诗人，著有《李益集》。

需要说明的是，他的同僚蒋防不知何故写有一篇传奇，名《霍小玉传》。说他抛弃了堕入风尘的名门之女霍小玉，另娶名门之女，后来遭到霍小玉的鬼魂的报复，让他总是怀疑自己的妻妾，心生嫉妒，不得安宁，所谓“妒痴”。后来新、旧《唐书》，《唐才子传》均采小说家言，然未必可信。

夜上受降城①闻笛

李益

回乐峰②前沙似雪，受降城下月如霜。
不知何处吹芦管③，一夜征人尽望乡。

【简注】
①受降城：唐中宗时建，在黄河以北，有东、中、西三处。此处指西受降城，在今内蒙古杭锦后旗乌加河北，为大历间防御吐蕃之前线。②回乐峰：受降城附近的一个烽火台。③芦管：乐器，截芦为之。

【导读】

此诗写征人月夜思乡。“回乐峰”、“受降城”两句互文见义，如“秦时明月汉时关”。作品写边塞的清冷、荒凉和寂寞，写将士戍边不归的痛苦以及对家乡的深切思念，结尾一句尤其沉痛。

从军北征

李益

天山雪后海风寒，横笛偏吹行路难。
碛里征人三十万，一时回首月中看。

【导读】

李益的诗有盛唐的壮烈、慷慨，也有中晚唐的伤感和悲凉，体现了一种过渡色彩。

三、张继

张继（725？—779），字懿孙，襄州（今湖北襄阳）人，天宝十二年（753）进士，“安史之乱”后曾避居江南，大历年间曾任检校祠部员外郎兼转运使判官，故世称“张员外”、“张水部”。

张继为人有气节，所谓“终年帝城里，不识五侯门”（《感怀》），博览有识，好谈论，工诗文。

枫桥[1]夜泊

张继

月落乌啼霜满天，江枫渔火对愁眠。
姑苏[2]城外寒山寺[3]，夜半钟声到客船。

【简注】

①枫桥：在今苏州市西阊门外十里之枫桥镇。②姑苏：苏州，因城西南之姑苏山而得名。③寒山寺：在今苏州市枫桥镇。传说因唐代诗僧寒山、拾得在此住过而得名。

【导读】

“安史之乱”爆发后，诗人避居江南。通常认为，此诗大约作于唐至德年间(756—758)，诗人正在吴越一带。

据台湾学者简锦松考证，此诗的内容，“发生于天宝十四年九月十六日（公元755年10月25日）的夜晚，亦即九月十七日（公元755年10月26日）凌晨”。而所谓“夜半钟声”，实为“日出前三小时”的钟声，并非真的“夜半”之钟声。(参见《唐诗现地研究》)。可备一说。

作品写旅愁。景物凄清而内心寂寞。

这首诗流传极广。每年除夕，都有一些日本人慕名来到寒山寺听夜半钟声。当代有一首大家很熟悉的流行歌曲《涛声依旧》，化用了此诗的词句和意境，传播也很广。

四、刘长卿

刘长卿（726—790?），字文房，祖籍宣城（今属安徽），洛阳人。家境贫寒，命运多舛，十年不第。大约在天宝十一年才中进士。入仕后又因刚直忤上，负谤入狱，两次被贬，一次在肃宗时，由苏州长洲尉贬为潘州南巴尉（今广东电白）；一次在代宗大历时，由鄂岳转运留后贬为睦州司马。仕至随州刺史，世称“刘随州”。

辛文房《唐才子传》谓：“长卿清才冠世，颇凌浮俗，性刚，多迕权门，故两遭迁斥，人悉冤之。”刘长卿的一生，大部分时光是在逆境中度过的。由于长期抑郁寡欢，使得他的诗风显得寂寞、惆怅而悲凉。

他是大历时代的著名诗人，与钱起、郎士元、李嘉祐并称“钱郎刘李”。

逢雪宿芙蓉山主人

刘长卿

日暮苍山远，天寒白屋贫。

柴门闻犬吠，风雪夜归人。

【导读】

此诗作于大历十年（775）诗人闲居义兴（今江苏宜兴）时。芙蓉山，当指义兴之芙蓉山。

作品写诗人野行与投宿之所见，画面苍莽，笔墨简淡，意境萧索。于中可以体会到人生的艰难，以及诗人内心的迷惘。

五、钱起

钱起（715？—780），字仲文，吴兴（今浙江湖州）人。开元二十六七年间，曾至荆州，与张九龄唱和。天宝九年进士。尝任蓝田县尉，与王维过从甚密。官终考功员外郎，世称“钱考功”。为“大历十才子”之一。

省试湘灵①鼓瑟

钱起

善鼓云和②瑟，常闻帝子灵。
冯夷③空自舞，楚客不堪听。
苦调凄金石④，清音入杳冥。
苍梧来怨慕，白芷动芳馨⑤。

【简注】

①省试：由尚书省礼部主持的考试，又称会试。湘灵：湘水女神。尧之二女，名娥皇、女英，为舜之二妃。舜帝南巡，死于苍梧（今湖南宁远）。二妃寻夫不着，投湘水而死，成

流水传潇[⑥]浦，悲风过洞庭。

曲终人不见，江上数峰青。

为湘水女神。《楚辞·远游》："使湘灵鼓瑟"。②云和：山名，以产琴瑟著称。③冯(píng)夷：水神名。④苦调凄金石：瑟之愁苦使金石为之悲凄。金石：钟、磬类乐器。⑤白芷：香草。《楚辞·九歌·湘夫人》："沅有芷兮澧有兰，思公子兮未敢言。"芳馨：香气。⑥潇：潇水，发源于苍梧，至永州汇入湘江，流入洞庭。《楚辞·九歌·湘夫人》："袅袅兮秋风，洞庭波兮木叶下。"

【导读】

此诗原为试贴诗。试贴诗因是"命题作文"，成功率不高，但此诗却非常成功。

作品的最大特点就是想象力丰富。盖湘灵本虚无，湘灵鼓瑟更虚无，而音乐又是一种无形的不可捉摸的东西。作者调动丰富的想象力，用神话中的形象以及有关自然物，把听觉视觉化，虚实相生，余音袅袅，韵味无穷。尤其是结尾两句，成为千古名句。

湘灵由娥皇、女英的灵魂所化，是一个悲剧的形象。湘灵所鼓之瑟，难掩一种凄清、寂寞的情调。

六、司空曙

司空曙（720—794?），字文明，一作文初，广平（今河北永年）人，或谓京兆（今陕西西安）人，进士及第时间不详。“安史之乱”期间，曾避居江南。曾任左拾遗，后贬官长林（今湖北荆门）。贞元间，以检校水部郎中入剑南节度使韦皋幕，官终虞部郎中。

曙家贫，“尝病中不给，遣其爱姬”（《唐才子传》）。有《病中嫁女妓》：“万事伤心在目前，一身垂泪对花筵。黄金用尽教歌舞，留与他人乐少年。”

曙为卢纶表兄，系“大历十才子”之一。其诗多为行旅赠别之作，长于抒情，多有名句。胡震亨《唐音癸签》卷七云：“司空虞部婉雅闲淡，语近性情。”著有《司空文明诗集》。

喜外弟卢纶见宿①

司空曙

静夜四无邻，荒居旧业②贫。
雨中黄叶树，灯下白头人。
以我独沉久，愧君相见频。
平生自有分③，况是蔡家亲④。

【简注】

①外弟：表弟。见宿：留宿。②旧业：祖上所传基业。③分：缘分，情谊。④蔡家亲：表亲。晋羊祜为蔡邕外孙。《晋书》本传：“祜当讨吴贼有功，将进爵士，乞以赐舅子蔡袭。诏封袭关汉侯，邑三百户。”后因称表亲为蔡家亲。

【导读】

此诗前四句写自己贫、老、寂寞，后四句写表弟不弃，多承探访，心存感慰。

江村即事

司空曙

钓罢归来不系船，江村月落正堪眠。

纵然一夜风吹去，只在芦花浅水边。

【导读】

此诗写乡村生活之潇洒自适，无拘无束，就像一幅萧疏淡雅的水墨画。然而，透过这幅画可以感受到诗人内心的落寞。

七、卢纶

卢纶（748？—798?），字允吉，蒲州（今山西永济）人，早年因“安史之乱”而避居鄱阳。大历初，屡试不第。大历六年，因宰相元载、王缙举荐为阌乡尉。十二年，坐与元载、王缙善，下狱去官。贞元元年(785)，为奉天行营副元帅浑瑊判官。贞元十四年、十五年间，因舅氏韦渠牟之荐，拜户部郎中，世称“卢户部”。《新唐书·卢纶本传》：“尝朝京师，是时舅韦渠牟得幸德宗，表其才，召见禁中，帝有所作，则使赓和。毕时问渠牟：‘卢纶、李益何在?’答曰：‘纶从浑瑊在河中’。驿召之，会卒。”

卢纶为“大历十才子”之一，诗名颇著。胡震亨《唐音癸签》卷七云："卢诗开朗，不作举止；陡发惊彩，焕尔触目。篇章亦富埒钱（起）、刘（长卿）。"其诗多送别赠答、奉陪游宴之作，而边塞诗最为人所称道。

和张仆射[1]塞下曲（六首选二）

卢纶

其二

林暗草惊风[2]，将军夜引弓[3]。
平明寻白羽，没在石棱中[4]。

【简注】
①张仆射：张延赏，贞元初任左仆射。②草惊风：暗示林中似有猛虎。俗谓"虎行从风"。③引弓：拉弓。④"平明"两句：用李广故事。《史记·李将军列传》："广出猎，见草中石，以为虎而射之，中石没镞，视之，石也。"白羽：白羽箭。

【导读】

此诗虽只短短4句20字，但有跌宕起伏的情节。首句营造气氛，暗示林中似有猛虎；次句即写将军引弓射虎，并留下悬念。及至天明寻箭头，方知所射非虎，乃石头耳。虽用《史记》李广故事，但比原作更精练，更惊心动魄，更显将军之豪放。

李广豪放的背后是深沉的寂寞，因为此时的他，已经被投闲置散。

其三

月黑雁飞高，单于夜遁逃。

欲将轻骑逐，大雪满弓刀。

【导读】

此首亦有故事。月被黑云遮蔽，雁忽然高飞，暗示受到惊扰。下句即写单于逃跑。欲率轻骑追赶，而大雪难行。

此为五言律绝。“于”为平声；“骑”为仄声。教材把“将”注为去声，不妥。

卢纶因到过边塞，其诗风不乏昂扬、豪迈之特点，尚有盛唐的余韵。然而，此诗实际上是写失落感，并不豪迈。

卢纶也有落寞、凄凉的一面。

与从弟瑾同下第后出关言别

卢纶

出关愁暮一沾裳，满野蓬生古战场。

孤村树色昏残雨，远寺钟声带夕阳。

【导读】

卢纶多次应考，都没有考中进士，内心的落寞与凄凉是非常真实的。

八、韩翃

韩翃，生卒年不详，字君平，南阳（今属河南）人，天宝十三载（754）进士；宝应元年（762），淄青节度使侯希逸奏为从事。后闲居长安十年。李勉任汴宋节度使，复为幕僚。《唐才子传》："德宗时，制诰阙人，中书两进除目，御笔不点，再请之，批曰：'与韩翃'。时有同姓名者为江淮刺史，上复批曰：'春城无处不飞花韩翃也。'"俄以驾部郎中知制诰。

高仲武《中兴间气集》称："韩员外诗，匠意近于史，兴致繁富，一篇一咏，朝士珍之，多士之选也。"

唐人许尧佐所著传奇《柳氏传》称韩翃有妾名柳氏，原为歌姬，安史之乱后，为立功蕃将沙吒利所得，将军李俊为其夺回。

寒食[①]

韩翃

春城无处不飞花，寒食东风御柳[②]斜。

日暮汉宫[③]传蜡烛，轻烟散入五侯[④]家。

【简注】

①寒食：冬至后第一百零五日。《周礼》即有记载，谓"仲春以木铎修火禁于国中"。至后汉始附会介子推故事。详见宗懔《荆楚岁时记》。②御柳：宫中柳树。当时风俗，寒食日

折柳插门。③汉官：代指唐官。《唐会要》卷二九《节日》："天宝十载三月敕，自今以后，寒食并禁火三日。"④五侯：泛指朝中权贵。

【导读】

写寒食节的风景和民俗，有讽意，有对社会不公的感慨和无奈。

【小结】

总之，大历诗风，虽不乏盛唐余韵，且不同的诗人具有不同的诗风，但是总体上看，还是以落寞、凄凉、伤感为其主色调。这是盛世过后的时代特点，是低潮时期的特点。

从审美的角度来看，落寞、凄凉、伤感是一种悲剧的美，这种美是耐人寻味的。我们没有必要总是读那些高昂的、明快的、入世性很强的诗，那些诗固然可以催人奋进，但是后者则可以让人沉思，让人淡泊，让人走向真正的成熟。

第九讲

通俗诗派

赵翼《瓯北诗话》卷四云：

> 中唐诗以韩、孟、元、白为最。韩、孟尚奇警，务言人所不敢言；元、白尚坦易，务言人所共欲言。

韩、孟尚奇警，为中唐奇险诗派之代表；元、白尚坦易，为中唐通俗诗派之代表。

通俗诗派继承了杜甫的诗歌传统。杜甫的诗歌有多种风格，其中之一便是通俗易懂，平易近人，如新乐府《三吏》、《三别》等即是。通俗诗派继承了杜诗的这种风格，同时也继承了杜诗关注民生疾苦、揭露社会弊端的现实主义精神。所以通俗诗派的特点有三：一是现实主义的精神，二是通俗易懂的风格，三是多作新乐府。

通俗诗派的代表人物，是元稹和白居易，所以通俗诗派又叫元白诗派。值得注意的是，在元白之前，还有元结、顾况、李绅、张籍、王建等人，也都可以算作这一派的人物。他们虽然各有个性，但是在现实主义的精神与通俗易懂的风格这两方面，他们是相通的。如果宽泛一点，寒山也可以算进来。寒山虽然是个出家人，但是他对农民的生活是很关心的，诗风通俗自然。

一、寒山

寒山，唐诗僧，玄宗至德宗时人。他长期隐居于台州唐兴县（今浙江天台）翠屏山，山亦名寒岩，故自号寒山子；与台州国清寺僧丰干、拾得时相过从。寒山的诗内容复杂，多写僧人生活，也有描写山林景色、反映农民愁苦生活的作品。诗风通俗自然。例如：

我见世间人，个个争意气。
一朝忽然死，只得一片地。
阔四尺，长丈二。
汝若会出来争意气，我与汝立碑记。

——《拾遗二首新添》之一

他著有《寒山子诗集》。有研究者指出，《寒山子诗集》中的作品，并非寒山一人所作，也有别的僧人的作品。

人问寒山道

寒山

人问寒山道，寒山路不通。

夏天冰未释，日出雾朦胧。

似我何由届，与君心不同。

君心若似我，还得到其中。

【导读】

这首诗用通俗易懂的语言，说明一个道理，具有象征意味。所谓“寒山道”，既是通往寒山的道路，也是通往佛境的道路。寒山气候宜人，风景奇丽，但如果没有佛心，那是不可能到达的。所谓“君心”与“我心”之别，也就是“凡心”与“佛心”之别。

二、元结

元结（719—772），字次山，号漫叟。其先世为鲜卑族拓跋氏，北魏孝文帝时改姓元。世居太原，后移居鲁山（今属河南）。天宝十三载（754）进士，曾官道州、容州刺史，及容管经略使。元结有才干，有政绩，关心民间疾苦。杜甫《同元使君舂陵行》称他“道州忧黎庶，词气浩纵横”。诗风通俗易懂，朴素无华，著有《元次山集》。

春陵[1]行并序

元结

癸卯岁[2]，漫叟授道州刺史。道州旧四万余户，经贼[3]以来，不满四千，大半不胜税赋。到官未五十日，承诸使征求符牒[4]二百余封，皆曰："失其限者，罪至贬削。"於戏！若悉应其命，则州县破乱，刺史欲焉逃罪？若不应命，又即获罪戾，必不免也。吾将守官，静以安人，待罪而已。此州是春陵故地，故作《春陵行》以达下情。

军国多所需，切责在有司[5]。
有司临郡县，刑法竞欲施。
供给岂不忧？征敛又可悲。
州小经乱亡，遗人实困疲。
大乡无十家，大族命单羸。
朝餐是草根，暮食仍木皮。
出言气欲绝，意速行步迟。
追呼尚不忍，况乃鞭扑之。
邮亭传急符[6]，来往迹相追。
更无宽大恩，但有迫促期。
欲令鬻儿女，言发恐乱随。
悉使索其家，而又无生资[7]。

【简注】

①春陵：汉县名，故城在今湖南宁远附近。道州（今湖南道县）系春陵故地。②癸卯岁：代宗广德元年（763）。③贼：指当时被称为"西南蛮"的少数民族。广德元年，"西南蛮"占据道州一个多月。④诸使：朝廷使臣。符牒：官府公文。⑤切责：严厉督责。有司：有所职掌，官吏的通称。⑥邮亭：传递文书的驿馆。⑦生资：生活资料。

听彼道路言，怨伤谁复知？
去冬山贼来，杀夺几无遗。
所愿见王官，抚养以惠慈。
奈何重驱逐，不使存活为？
安人天子命，符节我所持。
州县忽乱亡，得罪复是谁？
逋缓⑧违诏令，蒙责固其宜。
前贤重守分，恶以祸福移？
亦云贵守官，不爱能适时⑨。
顾惟⑩孱弱者，正直当不亏。
何人采国风？吾欲献此辞。

【简注】

⑧逋缓：拖延。⑨适时：此处指迎合时宜。⑩顾惟：顾念。

【导读】

代宗广德元年（763），元结出任道州刺史，此诗即是第二年五月到任后所作。作品反映了遭受变乱后道州人民的穷困境况，表现了诗人关心民瘼，愤世忧时的情怀，深受杜甫的赞赏。杜甫称赞此诗和《贼退示官吏》是“两章对秋月，一字偕华星”，还说：“不意复见比兴体制、婉委顿挫之辞”（《同元使君〈春陵行〉》）。

这首诗体现了一个官员的良知，这种关心民间疾苦的人道主义精神是值得高度肯定的，虽然它的韵味还有所不足，所谓言尽意尽。但这不是最重要的，尤其是在今天，更具有现实意义。

三、张籍

张籍（770—830?），字文昌，吴郡（今江苏苏州）人，后居和州乌江（今安徽和县）。贞元十五年进士。元和元年（806）补太常寺祝，十年不调。十一年，官国子助教。十五年，迁秘书郎。长庆元年（821），韩愈荐为国子博士。次年改水部员外郎，世称“张水部”。四年，迁主客郎中。大和二年（828），迁国子司业，故又称“张司业”。

张籍交游颇广。《旧唐书》本传：“公卿裴度、令狐楚，才名如白居易、元稹，皆与之游。”《唐才子传》：“时朝野名士皆与游，如王建、贾岛、于鹄、孟郊诸公集中，多所赠答。”张籍与王建同岁，且两人早年有同窗之谊。张籍赠王建诗尚有十余首。

张籍、王建并称，始于宋代。如魏泰《临汉隐居诗话》云：“唐人亦多为乐府，若张籍、王建、元稹、白居易以此得名。”曾季狸《艇斋诗话》云：“唐人乐府，唯张籍王建古质。”张戒《岁寒堂诗话》云：“张籍、王建乐府，专以道得人心中事为工。”辛文房《唐才子传》又云：“公于乐府古风，与王司马自成机柚，绝世独立。”

野老歌

张籍

老农家贫在山住，耕种山田三四亩。

苗疏税多不得食，输入官仓化为土。
岁暮锄犁傍空室，呼儿登山收橡实[①]。
西江[②]贾客珠百斛，船中养犬长食肉。

【简注】
①橡实：也叫栎（lì）树，或柞树，其果实味苦，可充饥。
②西江：西来大江，此指长江。

【导读】

这是一首新乐府诗，语言通俗易懂。它揭露了社会的贫富不均，体现了作者关心民间疾苦的人道主义精神。

古人的心灵和我们是相通的。古人所面临的许多问题，我们在今天仍然还要面对。例如贫富不均这个问题，直到今天也没有得到解决，甚至更为严重。

秋　思

张籍

洛阳城里见秋风，欲作归书意万重。
忽恐匆匆说不尽，行人临发又开封。

【导读】

怀乡之情因秋风而起。此亦物候引发诗人的生命意识之一证。由于“意万重”又“匆匆说不尽”，故“行人临发又开封”。“临发开封”这一细节，传达无限乡思，给读者留下无限想象空间。

张籍乐府是富有韵味的，绝非言尽意尽那一种。王安石评张籍诗："看似寻常最奇崛，成如容易却艰辛。"信然。

四、王建

王建（770—829），字仲初，关辅（今陕西）人。曾与张籍同学于齐州鹊山（今山东历城北）。贞元、元和间先后入淄青、幽州、岭南、荆南、魏博节度使幕府。因魏博节度使田弘正及中书舍人裴度推荐，任昭应（今陕西临潼）县丞，历太府寺丞、秘书丞，官至陕州司马，著有《王司马集》。

王建作诗重写实，尚通俗，长于乐府，与张籍齐名，并称"张王"。白居易称其"所著章句，往往在人口，求之流辈，亦不易得"。

王建除了长于乐府，还长于宫词。在长安时，与宦官王守澄联宗，悉知后宫故事，作《宫词》100首，是历史上最早系统作宫词的诗人。

新嫁娘词（三首选一）

王建

三日入厨下，洗手作羹汤。
未谙姑食性，先遣小姑尝。

【导读】

古时风俗，女子出嫁后的第三天，谓之"三朝"。按规矩，这一天须下厨房做饭。

作品写新嫁娘的细心、周到，富有生活情趣，令人回味。沈德潜《唐诗别裁集》称，张王乐府“心思之巧，辞句之隽，最易启人聪颖”。这首诗记载了一个优美的风俗，所谓“启人聪颖”者也。

望夫石

王建

望夫处，江悠悠。
化为石，不回头。
上头日日风复雨，
行人归来石应语。

【导读】

在中国各地，到处都可以见到望夫石，到处都有望夫石的传说。这是古代妇女忠于爱情、期盼丈夫归来的一个标本。

最早的望夫石，当是巫山的神女峰。那是巫山神女期盼梦中的楚怀王归来的一尊雕像。当代诗人舒婷的《神女峰》写道：“与其在岩石上展览千年，不如在情人的肩膀上痛哭一晚。”这是女权主义者的叛逆意识，在当代中国的影响不可低估。自从望夫石的传说被颠覆之后，爱情就不再那么令人回味了。

五、元稹

元稹（779—831），字微之，北魏鲜卑族拓跋部后裔。有些书上说他是洛阳人，其实洛阳只是他的郡望。《广韵》“二十二·元”：“又后魏孝文帝改拓跋为元氏，望在河南。”元稹实际上生长于京兆万年县（今陕西西安）之靖安坊。

元稹这人有这样几个特点：

一是会考试。15 岁（贞元九年，即 793 年）明经及第，这是常科；25 岁（贞元十九年，即 803 年）登书判拔萃科，这是制科；28 岁（元和元年，即 806 年）中才识兼茂明于体用科，在 18 人中名列第一，这也是制科。

二是功名心特别强。唐代的读书人功名心一般都很强烈，元稹尤其明显。他自称是后魏昭成皇帝的第十四代孙，后来他的朋友白居易给他写的《墓志铭》也跟着这样讲。究竟是不是，恐怕只有他自己知道。不过从有关记载来看，他们这个家族倒是世代为官，五世祖做到太守，高祖做到刺史，曾祖做到参军，祖父做到县丞，父亲做到王府长史。这样的家世培植了他强烈的功名心。

由于功名心太强，因此在他中“才识兼茂明于体用科”、授左拾遗的当天，就“献《教本书》，数月间，上封事六七，宪宗召对，言及时政，执政者疑忌，出为河南尉”（《墓志铭》）。

他强烈的功名心还表现在对宦官的态度上。据《新唐书》本传，元和四年（809），元稹拜监察御史，按狱东川。“还次敷水驿，中人仇士良夜至，稹不让，中人怒，击稹败面。宰相以稹年少轻树威，失宪臣体，贬江陵士曹参军。”他和宦官争什么呢？其实就是争驿厅的上厅。这件事闹得还很大。据李肇《国史补》卷下：“元和中，元稹为监察御史，与中使争驿厅，为其所辱。始敕节度观察使、台官与中使，先到驿者处上厅，因为定制。”

为了争上厅，受到宦官的侮辱。宰相不追究宦官的过错，反而贬他的官，这应该是够委屈了吧？连白居易都上书为他喊冤。可是到了江陵之后，他竟然和另一个做监军的宦官崔潭峻搞得特别火热。据《新唐书》本传：“稹之谪江陵，善监军崔潭峻。（穆宗）长庆初，潭峻方亲幸，以稹歌诗数十百篇奏御，帝大悦。问稹今安在？曰‘为南宫散郎。’即擢祠部郎中，知制诰。……俄迁中书舍人，翰林承旨学士。数召入，礼遇益厚，自谓得言天下事。……未几，进同中书门下平章事。”又据《旧唐书》本传：“长庆二年，拜平章事，诏下之日，朝野无不轻笑之。”为什么轻笑之？因为他这个宰相实际上是得宦官之力。也正因为“朝野无不轻笑之”，所以他这个宰相只做了三个月，就出为同州刺史，次年改浙东观察使。关于这段公案，元稹后来在《进诗状》里以及白居易在《墓志铭》里都另有说法。有人据这两篇文章为他辩护，但是缺乏说服力。

三是绯闻传得很广。大家知道，元稹 21 岁的时候（贞元二十年，即 800 年）写过一篇很有名的自传性小说，叫《莺莺传》。后来人们根据这篇小说改为《西厢记》，影响大得不得了。据赵德麟《侯鲭录》卷五、刘克庄《后村诗话前集》卷一、陈寅恪《元白诗笺证稿》第四章，以及孙望《莺莺传事迹考》（《蜗叟杂稿》）等考证，这个《莺莺传》的女主人公崔莺莺，就是元稹的姨表妹。他的姨父叫崔鹏。崔鹏死后，妻女遭遇乱军，元稹为保护这母女俩，确实很用心，很周到。那时候他才17岁，也确实和表妹有一场热恋，结果正如小说写的那样，“始乱终弃”。

元稹抛弃崔莺莺，并不是因为崔莺莺有什么不好，而是崔莺莺的父亲已经去世了。唐代的读书人有三大心愿：一是中进士，二是修国史，三是娶名门之女。三者都是为了功名。像元稹这种功名心特强的人，肯定会想尽办法娶名门之女。如果娶了崔莺莺这样的女子，对他的政治前途会有什么帮助呢?

元稹抛弃了自己的表妹，还把它写下来。就像现在的某些人，有了艳遇，还要把艳遇写进微博一样。元稹的这一段艳遇，是他自己写出来的。由于小说的文学价值很高，故事性很强，所以他这段艳遇就传得特别广。

元稹25岁的时候，娶了太子少保韦夏卿的幼女韦丛。这可是真正的名门之女。韦丛小他五岁，不仅漂亮，而且很贤惠。所以夫妻感情非常好。但是七年之后，韦丛就去世了。韦丛去世之后，元稹非常伤心，写了很多很好的悼亡诗来怀念她。这些作品也传得非常广。

元稹的妻子韦丛是元和四年（809）七月去世的，这一年的三月，他出使东川，也就是四川。在成都，他经人介绍，认识了著名女诗人薛涛。薛涛本是官宦人家的女儿，精通音律，父亲死后，入了乐籍，做了歌妓。后来脱籍，住在成都的浣花溪。与她来往的，都是一些高官和文化名流。据有关学者考证，元稹和薛涛是谈过恋爱的，有人还以为他会娶薛涛呢，但是他并没娶她。据我的推算，元稹到成都时，薛涛至少也有42岁了，而元稹才32岁，实际上是一场姐弟恋。由于两个人都是名人，这一场恋爱也传得很广。

元稹在唐代诗人中是不是最风流？恐怕也难说。他和别人不一样的地方，是喜欢把自己的恋爱写出来，就像现在的那些风流人士喜欢发微博一样，搞得地球人都来围观。当两个人之间的恋爱让更多的人来围观的时候，恋爱也就成了绯闻了。

元稹的这些行为被当时的人们说成是不检点。他当年只做了三个月的宰相就被免职，出为同州刺史，次年改浙东观察使。做了六年浙东观察使之后，他被召回做尚书左丞，终因“无检，望轻，不为公议所右”（《新唐书》本传），出为武昌节度使，不久死在任上。享年53岁。

元稹工诗，在翰林时，穆宗前后索诗数百首，命左右讽咏，宫中呼为“元才子”（白居易《墓志铭》）。

元稹在诗坛与白居易齐名，时称“元白”。两人关系非常好，其唱和之多，无人能及。所谓“生死契阔者三十载，歌诗唱和者九百章”（白居易《祭元微之文》）。

元稹与白居易都写了很多新乐府诗，许多人甚至称他们为“新乐府运动”的倡导者。其实在他们之前，已经有元结、顾况、张籍、王建等人先为之。他们既不是最早写乐府诗的人，也不是写乐府诗写得最好的人。

现在我要强调一下，唐代既没有所谓的“新乐府运动”，也没有所谓的“古文运动”。“新乐府运动”和“古文运动”这一类的概念，都是1949年以后那些习惯于搞各种政治运动的人们提出来的。这种概念并不符合事实。以“古文运动”为例，当时韩愈在京城长安，而柳宗元却贬官在南方的永州和柳州，他们两人根本就没办法见面，搞什么运动啊？再说“新乐府运动”，虽然元稹和白居易的关系很好，但是两人见面的机会也不多，你说他们搞了一个“新乐府运动”，请问他们在一起开过会吗？做过动员吗？他们动员谁呀？元结、顾况、张籍、王建等人写新乐府诗都在他们前边，资格比他们老，还需要他们来动员吗？“运动”这种带有强烈政治色彩的概念，根本不宜做文学的概念。文学创作是不能搞运动的。没有哪一个时代的优秀文学是靠运动搞成的。

元稹虽然写了很多乐府诗，但是实事求是地讲，这些诗并没有什么艺术价值。元稹写得最好的诗，既不是那些乐府诗，也不是那些与白居易唱和的被称为“元和体”的千字律，他写得最好的是悼亡诗，以及部分怀古诗，例如《连昌宫词》、《行宫》之类。

遣悲怀三首

元稹

谢公最小偏怜女，嫁与黔娄[①]百事乖。
顾我无衣搜荩箧[②]，泥[③]他沽酒拔金钗。
野蔬充膳甘长藿[④]，落叶添薪仰古槐。
今日俸钱过十万，与君营奠复营斋。

【简注】

①黔娄：战国时齐国的贫士。②荩（jìn）箧：荩草做的箱子。③泥：软缠。④长藿：长长的豆叶。

【导读】

这一首写韦丛屈身下嫁，生活艰难，但是很贤惠，对丈夫很好。元稹

8岁丧父，由母亲郑氏亲自授书。虽然15岁明经及第，但及第并不意味着马上有官做，还要等吏部的考试通过后才能做官。元稹娶韦丛的那一年，登书判拔萃科，授秘书省校书郎，这是一个清水衙门的最底层的小官，薪水不高，也不可能有人给他送礼。所以，他们的婚后生活应该是比较艰苦的。

可能有人会说，“野蔬充膳甘长藿，落叶添薪仰古槐”这两句是不是有点夸张？我认为不一定夸张。元稹还有一组悼亡诗，写在韦丛死后的第六年，叫做《六年春遣怀八首》，其中一首写道：

检得旧书三四纸，高低阔狭粗成行。
自言并食寻常事，惟念山泽驿路长。

写韦丛死后，他翻检她生前写给他的书信。韦丛的文化水平不算高，书信写得歪歪扭扭的，但是她很关心丈夫，也能安贫乐道。其中讲到“并食”。什么叫“并食”？就是两餐只吃一餐。韦丛说，两餐只吃一餐的日子对我来讲是寻常事，我只是担心你在深山驿路上奔波劳顿，没有人照顾你。“并食”就是粮食不够吃，粮食不够吃，就拿野菜来充饥。吃得不够，烧得也不够，所以我认为“野蔬充膳甘长藿，落叶添薪仰古槐”这两句应该是可信的。

韦丛作为一个名门之女，嫁给自己这样一个穷书生，过了那么多的苦日子，作为丈夫，他感到非常愧疚，而“今日俸钱过十万”，她又没有这个福分来消受，怎么办呢？只有把这些钱拿来祭奠她，给她做法事，“与君营奠复营斋”。这种心情也是很真实感人的。

其二

昔日戏言身后意，今朝皆到眼前来。
衣裳已施行看尽，针线犹存未忍开。
尚想旧情怜婢仆，也曾因梦送钱财。
诚知此恨人人有，贫贱夫妻百事哀。

【导读】

这一首写得也很真实。写韦丛死后，他所做的一些善后工作。韦丛是个善良的人，曾经托梦给他，要他把自己生前的衣物拿去送人，要他去接济一些困难的人。他把韦丛的衣服都快送完了，但是不忍心打开那个针线包，因为韦丛生前曾经用这个针线包给他缝补过衣裳。由于怀念旧情，他对韦丛用过的仆人也很体贴。

结尾两句尤其好，写了一种普遍性的情感，赢得了广泛的共鸣。

其三

闲坐悲君亦自悲，百年都是几多时？
邓攸无子寻知命，潘岳悼亡犹费词。
同穴窅冥何所望，他生缘会更难期。
唯将终夜长开眼，报答平生未展眉。

【导读】

这一首诗既是悼念死者，也是感叹自己的命运。他把自己比作潘岳，这很真实，因为潘岳写过很好的悼亡诗。他把自己比作邓攸，可能有点不恰当。邓攸本来有子，是因为永嘉之乱，为了保全兄弟的儿子而牺牲了自己的儿子；夫妻二人原以为以后还可以再生，谁知后来竟然没有再生，所以元稹说这是天命。但是，元稹这时的年纪并不大，才32岁，正常情况下应该是可以生育的。他这么早就断定自己没有儿子，似乎不妥。

看来元稹是个唯物主义者。他说生不同时死同穴是不可期待的，来世再会更是不可期待的。他所能做的，就是“唯将终夜长开眼，报答平生未展眉”，这两句很真实，也很感人。

总之，这三首诗，都通俗易懂，真实感人。第二首尤其好。

中国历史上有一种专门的诗体，叫做悼亡诗，是专门悼念亡妻的。许多人都写过悼亡诗。不过在我看来，只有四个人写得最好，一个是潘岳，一个是元稹，一个是苏轼，一个是贺铸。苏轼与贺铸写的是词，词是一种广义的诗，所以统称为悼亡诗。

悼亡诗的特点在于朴实无华。朴实无华才能感人。我们看现在有些人写诗写文章怀念自己的前妻，写得那么华丽，一看就不够真实，是做样子写给别人看的。

韦丛死后，元稹写过多首悼亡诗，而且名作不少。除了我们上面讲到的《遣悲怀三首》和《六年春遣怀八首》很有名之外，还有一组《离思五首》，也很有名：

离思五首（其四）

元稹

曾经沧海难为水[①]，除却巫山不是云[②]。

取次花丛懒回顾，半缘修道半缘君。

【简注】

①“曾经”句：《孟子·尽心》：“观沧海者难为水，游于圣人之门者难为言。”②“除却”句：宋玉《高唐赋序》：“朝为行云，暮为行雨。朝朝暮暮，阳台之下。”

【导读】

妻子死后，不再留意花草，一半是为了修道，一半是为了怀念妻子。这也是真实的。清朝有个学者说，悼亡而曰“半缘君”，这是半心半意，是薄情的表现（《消寒诗话》）。这话可能有点苛刻。

元稹这个人，虽然有些绯闻，但是我们不要因此而怀疑他对韦丛的感情。为什么呢？因为韦丛符合他的择偶标准。崔莺莺虽然漂亮多情，也有才，但不符合元稹的择偶标准；薛涛虽然有才，也多情，但出身不好，年纪又大，也不符合他的择偶标准。元稹的择偶标准，首先是“名门之女”，韦丛除了符合这一条，同时还漂亮，贤惠，多情，她的条件是最好的。

行　宫

元稹

寥落古行宫，宫花寂寞红。

白头宫女在，闲坐说玄宗。

【导读】

元稹所写的这个行宫，有人说是白居易的《上阳白发人》所写的那个上阳行宫，这个行宫在东都（洛阳）皇城的西南边。

据白居易的诗讲，上阳行宫里有位60岁的宫女，“玄宗末岁初选入，入时十六今六十”。这位宫女虽然在宫里呆了44年，但是从来就没有见过皇帝。皇帝的女人太多了。你想见他，他还没空见你呢。再说本来就是一个行宫，皇帝只有出行到这里才进来住一住。行宫里的宫女见皇帝的机会实在是太渺茫了。

白居易的《上阳白发人》长达42句，268个字，主题就是一个字“怨”。怨什么呢？怨她当年泪别亲人，被忽悠到宫里，还没见到皇帝就遭到杨贵妃的排挤，然后被“潜配”到上阳行宫。到了行宫就是守空房，一天又一天，一年又一年，一直守到60岁。

元稹的这首诗，只有4句，20个字，篇幅不到白居易的7.5%，但是它的内涵比白居易的要丰富得多。“闲坐说玄宗”，说什么呢？可说的多了。这里面可能有“怨”，也可能有“回忆”，也可能有“遗憾”，也可能有“感叹”，总之，作品留下了非常丰富的想象空间，让读者去想象。

五言绝句在中国古典诗歌里面是篇幅最小的一种。这种诗体要求言简意赅，以少总多。前人正是从这个角度来评价这首诗的。例如：

洪迈《容斋随笔》卷二：

> 语少意足，有无穷之味。

胡应麟《诗薮·内编》卷六：

语意妙绝，合（王）建七言宫词百首，不易此二十字也。

除了言简意赅、以少总多这个特点，我还想补充讲两点。

一是“闲坐说玄宗”的这个“说”字用得好，语气平和而内涵丰富，非常适合白头宫女的身份和口吻。按照白居易的理解，白头宫女是有“怨”的，但是在元稹这里，她们已经没有“怨”了。斗转星移，人世沧桑，唐玄宗都死了好多年了，他成了一段历史、一个故事、一个传说，还“怨”什么呢？还有什么好“怨”的呢？网络上有一句话：“不要叫我哥，哥只是一个传说。”现在我们把它变通一下，“不要怨哥，哥只是一个传说”。作者很懂得白发宫女的这个心理，他不仅用了不带感情色彩的“说”字，还在“说”字前面用了“闲坐”两个字。让人感觉到白发宫女在讲一个遥远的、似乎与自己没有什么关系的故事。这是一种淡泊，一种经历了太多沧桑之后的淡泊。

二是善于营造气氛，善于做铺垫。“闲坐说玄宗”这一句确实既淡泊、又丰富，效果非常好，但是如果没有前面三句来造气氛、做铺垫，也不会达到这种效果。事实上，作者为了写这一句，为了给读者留下丰富的想象空间，已经营造了很好的气氛，做了很好的铺垫。例如，“行宫”是“寥落”的，“宫花”是“寂寞”的，“宫女”是“白头”的，这些虽然简洁，但是感情色彩又很鲜明的字眼，其实就是一种情感指向，它可以引导读者往逝水流年、沧海桑田、兴亡盛衰那个方向去想。

六、白居易

白居易（772—846），字乐天，号香山居士，郡望太原，祖籍下邽（今陕西渭南），生于郑州新郑（今属河南）。

白居易活了75岁。他的一生，可以元和十年（815）贬江州司马为界，分为前后两个时期。也就是说，44岁以前的他，是一个“兼济天下”的人；44岁以后的他，则是一个“独善其身”的人。

白居易于贞元十六年（800）进士及第，十九年（803）中书判拔萃科，授秘书省校书郎。元和元年（806），中才识兼茂明于体用科，授周至县尉。元和二年任翰林学士。元和三年任左拾遗。在科举、仕途上，可以说是顺风顺水。正因为路走得很顺，所以他的用世之心特别强烈。他写作大量干预现实、批评时政、反映民生疾苦的新乐府诗，就是在这个时期。

据《旧唐书》卷一六六《白居易传》：

十年七月（按：当为六月），盗杀宰相武元衡，居士首上疏言其冤，急请捕贼以雪国耻。宰相以宫官非谏职，不当先谏官言事。会有素恶居易者，掎摭居易，言浮华无行，其母因看花堕井而死，而居易作《赏花》及《新井》诗，甚伤名教，不宜置彼周行。执政方恶其言事，奏贬为江州刺史。诏出，中书舍人王涯上疏论之，言居易所犯状迹，不宜治郡，追诏授江州司马。

这里需要做点说明：

第一，所谓“盗杀宰相武元衡”，其实是地方军阀派刺客所为，这是在挑战中央政府的权威。白居易第一个上书请缉拿盗贼，是在维护中央政府的权威。

第二，所谓“宫官非谏职，不当先谏官言事”，是指白居易当时的官职是“太子左赞善大夫”，即宫官。而在此之前，他的官职是左拾遗兼翰林学士。左拾遗就是个谏官。做过多年谏官的白居易，不会不知道如何“言事”。现任宰相以“宫官非谏职，不当先谏官言事”来打击他，完全是一个借口。事实上，地方军阀之所以那么嚣张，敢派刺客来刺杀当朝宰相，也是因为他们在朝廷有关系。

第三，白居易写《赏花》及《新井》等乐府诗，是在他母亲看花堕井之前，不是之后。关于他母亲的事，宋人陈振孙的《白文公年谱》讲得最清楚：

> 公母有心疾，因悍妒得之。及嫠，家苦贫。公与弟不获安居，常索米丐衣于邻邑。母昼夜念之，病益甚。公随计宣州，母因忧愤发狂，以苇刀自刎，人救之得免。后遍访医药，或发或瘳，常恃二壮婢厚给衣食，俾扶卫之，一旦稍怠，毙于坎井。

白居易贬为江州司马，实际上就是因写新乐府诗干预时政而得罪了权贵。

从此以后，白居易就换了一个人，不再干预时政，不再得罪人，明哲保身，诗酒风流，笃信佛教，甚至几个月不吃荤，自号“香山居士”。

他担任过许多官职，包括杭州刺史和苏州刺史。在杭州刺史和苏州刺史任上，也做过一些有益于人民的事情，例如在杭州修江堤、在苏州修虎丘路，等等。最后做到太子少傅，故世称“白傅”，“白太傅”。

白居易把自己的诗分为四种：一是讽喻诗，二是感伤诗，三是闲适诗，四是格律诗。前三者按内容分，第四种又按体裁分。分法虽不科学，但大体上符合事实。

所谓讽喻诗，就是他在贬为江州司马以前写的那些新乐府诗，包括《秦中吟》10首，《新乐府》50首。这些作品都是干预时政、关注民生的作品，有一定的认识价值和社会批判价值，但是由于功利性太强，往往主题先行，艺术价值不高。我个人认为，白居易的讽喻诗，最好的就是《卖炭翁》。《卖炭翁》中，最好的就是这两句：“可怜身上衣正单，心忧炭贱愿天寒。”

所谓感伤诗，就是《长恨歌》、《琵琶行》这样的作品。这两首诗，一首写在元和元年（806），一首写在元和十一年（816），都是45岁以前的作品。这两首感伤诗，为他赢得了巨大的声誉。他死后，唐宣宗写诗悼念他，其中有这样两句：“童子解吟长恨赋，胡儿能唱琵琶篇。”可见他的这两

首诗，在当时是家喻户晓的。

所谓闲适诗，就是那些明哲保身、诗酒风流的作品，基本上都是写在贬江州司马以后。过去一些封建士大夫最看重的，就是他这一类的作品。不过在我看来，这些作品也好不到哪里去。最好的也就是《钱塘湖春行》、《暮江吟》这几首写景诗。

中国是一个典型的专制国家，专制统治长达几千年。在这种专制统治下，人民没有真正的幸福可言。中国的士大夫多如牛毛，但真正能够为人民讲话的人没有几个，多数都是一些明哲保身的人。白居易早年写乐府诗，干预时政，同情人民的疾苦，虽然这些作品的艺术价值不算高，但作者的精神可贵。经过一次打击，他就彻底变了一个人，圆滑世故，不谈是非。喝酒、写诗、听歌、观舞、念佛、游山玩水，他这种生活态度，虽然得到一些士大夫的认可，但是在具有民间立场和社会责任感的知识分子看来，其实并不可取。

白居易青年时代就有诗名。据张读《幽闲鼓吹》载：

> 白尚书应举，以诗谒况著作。顾睹姓名，熟视公曰："米价方贵，居亦弗易。"乃披卷，首篇曰："离离原上草，一岁一枯荣。野火烧不尽，春风吹又生。"即嗟赏曰："道得个语，居即易矣。"因为之延誉，声名大振。

白居易的诗，最大的特点就是通俗易懂。无论是哪一种类型的诗，都有这个特点。他的风格和元稹是一类的，所以在当时并称"元白"。

长恨歌

白居易

汉皇重色思倾国，御宇多年求不得。
杨家有女初长成，养在深闺人未识。
天生丽质难自弃，一朝选在君王侧。
回眸一笑百媚生，六宫粉黛无颜色。
春寒赐浴华清池，温泉水滑洗凝脂。
侍儿扶起娇无力，始是新承恩泽时。
云鬓花颜金步摇，芙蓉帐暖度春宵。
春宵苦短日高起，从此君王不早朝。
承欢侍宴无闲暇，春从春游夜专夜。
后宫佳丽三千人，三千宠爱在一身。
金屋妆成娇侍夜，玉楼宴罢醉和春。
姐妹弟兄皆列土，可怜光彩生门户。
遂令天下父母心，不重生男重生女。
骊宫高处入青云，仙乐风飘处处闻。
缓歌慢舞凝丝竹，尽日君王看不足。
渔阳鼙鼓动地来，惊破霓裳羽衣曲。
九重城阙烟尘生，千乘万骑西南行。

翠华摇摇行复止，西出都门百余里。
六军不发无奈何，宛转蛾嵋马前死。
花钿委地无人收，翠翘金雀玉搔头。
君王掩面救不得，回看血泪相和流。
黄埃散漫风萧索，云栈萦纡登剑阁。
峨嵋山下少人行，旌旗无光日色薄。
蜀江水碧蜀山青，圣主朝朝暮暮情。
行宫见月伤心色，夜雨闻铃肠断声。
天旋日转回龙驭，到此踌躇不能去。
马嵬坡下泥土中，不见玉颜空死处。
君臣相顾尽沾衣，东望都门信马归。
归来池苑皆依旧，太液芙蓉未央柳。
芙蓉如面柳如眉，对此如何不泪垂。
春风桃李花开日，秋雨梧桐叶落时。
西宫南内多秋草，落叶满阶红不扫。
梨园弟子白发新，椒房阿监青娥老。
夕殿萤飞思悄然，孤灯挑尽未成眠。
迟迟钟鼓初长夜，耿耿星河欲曙天。
鸳鸯瓦冷霜华重，翡翠衾寒谁与共。
悠悠生死别经年，魂魄不曾来入梦。

临邛道士鸿都客，能以精诚致魂魄。
为感君王展转思，遂教方士殷勤觅。
排空驭气奔如电，升天入地求之遍。
上穷碧落下黄泉，两处茫茫皆不见。
忽闻海上有仙山，山在虚无缥缈间。
楼阁玲珑五云起，其中绰约多仙子。
中有一人字太真，雪肤花貌参差是。
金阙西厢叩玉扃，转教小玉报双成。
闻道汉家天子使，九华帐里梦魂惊。
揽衣推枕起徘徊，珠箔银屏迤逦开。
云鬓半偏新睡觉，花冠不整下堂来。
风吹仙袂飘飖举，犹似霓裳羽衣舞。
玉容寂寞泪阑干，梨花一枝春带雨。
含情凝睇谢君王，一别音容两渺茫。
昭阳殿里恩爱绝，蓬莱宫中日月长。
回头下望人寰处，不见长安见尘雾。
唯将旧物表深情，钿和金钗寄将去。
钗留一股合一扇，钗擘黄金合分钿。
但令心似金钿坚，天上人间会相见。
临别殷勤重寄词，词中有誓两心知。

七月七日长生殿，夜半无人私语时。
在天愿作比翼鸟，在地愿为连理枝。
天长地久有时尽，此恨绵绵无绝期。

【导读】

这是一首长达120句的叙事诗。为了理解的方便，我们把它分为四个部分。第一部分，从开始到“不重生男重生女”，是写杨贵妃得宠。第二部分，从“骊宫高处入青云”到“回看血泪相和流”，写马嵬之变。第三部分，从“黄埃散漫风萧索”到“魂魄不曾来入梦”，写唐明皇的思念。第四部分，从“临邛道士鸿都客”到结尾，写方士寻找杨贵妃的魂灵。

这首诗，详略得当，结构完整。作者既善于叙事，又善于写景，还善于抒情，可以说是叙事、写景、抒情达到了较完美的结合；作品的语言既通俗，又优美，而且在格律上很和谐，读起来朗朗上口，可以说是声情并茂，韵味悠长。关于这些特点，前人已经讲过了，我不打算多讲。

我想重点讲两个问题，也就是作品的价值和意义。

第一，《长恨歌》是汉族少有的弥足珍贵的叙事诗。

汉族是一个叙事诗不发达的民族。汉族的叙事诗，一个是少，一个是短，最长的就是《孔雀东南飞》、《长恨歌》、《琵琶行》这几首。杜甫的《自京赴奉先县咏怀五百字》虽然较长，但不是叙事诗，是咏怀诗，也就是抒情和说理诗。真正的叙事诗要有完整的故事情节，这是一个最起码的要求。从这个角度来看，《孔雀东南飞》和《长恨歌》可以说是真正的叙事诗，而《琵琶行》都不算很地道。

《长恨歌》虽然是一部叙事诗，但是又带有浓厚的抒情色彩。这是因为汉族具有悠久的抒情诗的传统，作者本人也长于写抒情诗，作品的内容，又是关于爱情的。在写这个作品之前，白居易刚刚失恋一次。他爱一个姑娘，叫碧月，原以为可以娶她，但后来没有如愿，他为此伤感了很久。这种种因素，使得这部叙事诗有着浓厚的抒情色彩。

第二，《长恨歌》描写和歌颂了帝妃的爱情。

1949 年以后的很长一段时间，人们都在争议《长恨歌》的主题是什么？李杨作为封建帝妃，他们之间有爱情吗？他们的爱情值得歌颂吗？今天我就来集中讲一讲这些问题。

首先，《长恨歌》的主题并不复杂，《长恨歌》的主题就是长恨。就像《蜀道难》的主题就是蜀道难一样。不过，这个“恨”并不是仇恨，而是遗憾。长恨歌，就是长长的遗憾，永远的遗憾。

接着，我要回答李杨之间有没有爱情的问题。

我们知道，中国的帝王有一个最大的优越感，就是不缺美女。由于不缺美女，所以他们也不珍惜美女。清代著名剧作家洪昇讲：“自古钟情者于帝王家罕有。”就是说，绝大多数的帝王是不钟情的，他有的是美女，钟个什么情啊？钟情的帝王是极少数，晚年的唐明皇就是这极少数中的一个。

我们不要怀疑唐明皇对杨贵妃的爱情。杨贵妃本是唐明皇的儿子寿王李瑁的妃子，唐明皇把自己的儿媳妇窃为己有，是付出了很大的道德代价的。他难道不知道这样做是要受到人们的指责的吗？以他的聪明，他不可能不知道。但是他一定要这么做。这说明什么呢？说明他爱杨贵妃爱到了不顾道德、不顾社会舆论、不顾历史评价的地步。

杨贵妃究竟有哪些特别之处，值得唐明皇为她付出这么大的代价呢？漂亮是自然的，但绝不仅仅是漂亮。后宫中的漂亮女人实在是太多了。在我看来，杨贵妃有四个特点：一个是丰腴的美，这是唐代人最为欣赏的一种美。如果她不是那样丰腴，而是像赵飞燕那么苗条、那样骨感，估计不会强烈地吸引唐明皇。二是能歌善舞。在古代，能歌善舞的一般都是歌妓，是风尘女子，良家女子能歌善舞的并不多。杨贵妃是良家女子，而且是一个“官二代”。一个良家女子、一个“官二代”而能歌善舞，这也是一个很大的亮点。三是有文才，能写诗。古代有文才、能写诗的良家女子是很少的，历代的后宫美女会写诗的加起来也没几个。那个时代信奉的是“女子无才便是德”。四是具有浪漫的气质。这一点也很重要。我们知道，汉成帝的宫人班婕妤也是很会写诗的，但是她没有浪漫的气质。汉成帝有一次去游园，约她同坐一辆车，她说，我不是皇后，按照规矩，只有皇后才有资格和皇帝同坐一辆车。她拒绝了皇帝，所以皇帝就不再喜欢她，而是喜欢上了赵飞燕、赵合德两姐妹。班婕妤后来只能去长信宫去服侍皇太后，悲悲切切地过完后半生。班婕妤的问题，就是缺少浪漫气质。其实后宫的许多规矩，都是皇后主持制定的。皇后定这些规矩，表面上是为了约束宫女，实际上是为了约束皇帝。皇帝表面上认可这些规矩，其实内心里是很讨厌的。班婕妤不明白这一点。她不坐皇帝的车，皇后知道了当然很欣慰，但是皇帝肯定不高兴。一个人太守规矩，就缺乏浪漫气质。试想，如果班婕妤遭遇唐明皇，会是个什么结果？我想她可能会说，臣妾已经是您的儿媳妇了，怎么能够做您的女人呢？这不符合规矩吧！您就是打死我，我也不能从命！

由于杨贵妃同时具有古代的许多美女所不具备的许多优势，所以皇明皇深深地爱她，为她付出了道德的代价，接着又付出了政治的代价。

真正的爱情是互爱。唐明皇爱杨贵妃，这个我们已经讲过了。现在我们要看看，杨贵妃是不是爱唐明皇？在此，我们要了解唐明皇是个什么样的人。

首先，他是一个杰出的政治家。他亲手缔造了开元天宝盛世。中国历史上虽然还有所谓“文景之治”，“贞观之治”，“康乾之治”，这些都被封建史家说成是盛世。但是，真正的盛世，还是“开元天宝之治”。唐明皇亲手缔造了开元天宝盛世，仅此一项，就足以得到全国军民的爱戴，包括杨贵妃的爱戴。

第二，他是一个学者。他亲自注释过儒、释、道三家的三大经典，一个是儒家的《孝经》，一个是道家的《道德经》，一个是佛家的《金刚经》，然后颁行天下，供全国的读书人阅读。

第三，他是一个诗人。他的诗，如果和刘邦、项羽、汉武帝、曹操、隋炀帝、李后主、宋徽宗这些人比，不能算是最好的，但是如果和唐朝的那些皇帝相比，可以说是最好的。他的诗比唐太宗的要好。

第四，他是一个音乐家。他不仅能够作曲，还能够配器，而且能够指挥。有一次，他带杨贵妃去赏牡丹，让李白当场作《清平调》三章，作完之后，由他当场谱曲，当场配器，当场指挥演奏。

第五，他是一个戏曲导演。他在国家的音乐机构教坊之外，又在皇宫里建梨园，亲自选拔200个童男童女，教他们排练演出。这些童男童女被称为“皇帝梨园弟子”。如今我们在许多地方戏剧团里，还可以看到他们供奉的梨园之祖，也就是戏曲这个行当的偶像神。这个偶像神就是唐玄宗。

中国古代有许多多才多艺的皇帝，但是像唐玄宗这样的多才多艺的皇帝并不多见。

他是一个在位的皇帝，有钱有势，又多才多艺，且具有浪漫气质，还是全国人民爱戴的领袖，他爱上一个同样多才多艺、同样具有浪漫气质的女人，而且愿意为这个女人而付出代价，这个女人会拒绝他吗？

诚然，唐明皇后来为了保全自己，保全自己的江山，在马嵬之变中牺牲了杨贵妃，这确实是一个问题。但是，我们也不能用“焦仲卿与刘兰芝”、“梁山伯与祝英台”、“罗密欧与朱丽叶”的标准来要求他。因为他是一个皇帝，他有他的局限性，而且，在当时那种情况下，他遭到胁迫，别无选择。

问题在于，杨贵妃死后，他是什么表现？我们知道，历史上也有若干皇帝，很爱自己的女人，当这个女人死去之后，他们也很伤心，但是没过多久，他就爱别的女人去了。汉武帝就是一个例子。他当时也很爱李夫人，李夫人死后，他也是茶饭不思、丧魂落魄，后来出现了卫子夫，他的爱情就转移了。但唐明皇不是这样。杨贵妃死后，他没有再爱别的女人。

总之，在封建帝王当中，唐明皇是一个比较钟情的人。而白居易之前和之后的诗人，讲到李杨关系时，一般都是谴责，都是嘲讽，杜甫、李商隐、杜牧都是这样。白居易最初也是谴责的，但是写到后来，他的立场变了，由谴责变成同情，又由同情变成赞美。所以说，他是第一个正面歌颂李杨爱情的人。正面歌颂李杨爱情，需要勇气，需要现实主义的文学精神，也需要浪漫气质。事实证明，白居易是成功的。他开了这个头，才有元代白朴的杂剧《梧桐雨》，才有清代洪昇的传奇《长生殿》，这些都是文学史上的经典。

琵琶行

白居易

浔阳江头夜送客，枫叶荻花秋索索。
主人下马客在船，举酒欲饮无管弦。
醉不成欢惨将别，别时茫茫江浸月。
忽闻水上琵琶声，主人忘归客不发。
寻声暗问弹者谁，琵琶声停欲语迟。
移船相近邀相见，添酒回灯重开宴。
千呼万唤始出来，犹抱琵琶半遮面。
转轴拨弦三两声，未成曲调先有情。
弦弦掩抑声声思，似诉平生不得意。
低眉信手续续弹，说尽心中无限事。
轻拢慢捻抹复挑，初为霓裳后六幺。
大弦嘈嘈如急雨，小弦切切如私语。
嘈嘈切切错杂弹，大珠小珠落玉盘。
间关莺语花底滑，幽咽泉流水下滩。

水泉冷涩弦疑绝，疑绝不通声暂歇。
别有幽愁暗恨生，此时无声胜有声。
银瓶乍破水浆迸，铁骑突出刀枪鸣。
曲终收拨当心画，四弦一声如裂帛。
东舟西舫悄无言，唯见江心秋月白。
沉吟放拨插弦中，整顿衣裳起敛容。
自言本是京城女，家在虾蟆陵下住。
十三学得琵琶成，名属教坊第一部。
曲罢曾教善才伏，妆成每被秋娘妒。
五陵年少争缠头，一曲红绡不知数。
钿头云篦击节碎，血色罗裙翻酒污。
今年欢笑复明年，秋月春风等闲度。
弟走从军阿姨死，暮去朝来颜色故。
门前冷落鞍马稀，老大嫁作商人妇。
商人重利轻别离，前月浮梁买茶去。
去来江口守空船，绕船月明江水寒。
夜深忽梦少年事，梦啼妆泪红阑干。
我闻琵琶已叹息，又闻此语重唧唧。
同是天涯沦落人，相逢何必曾相识。
我从去年辞帝京，谪居卧病浔阳城。

浔阳小处无音乐，终岁不闻丝竹声。
住近湓江地低湿，黄芦苦竹绕宅生。
其间旦暮闻何物，杜鹃啼血猿哀鸣。
春江花朝秋月夜，往往取酒还独倾。
岂无山歌与村笛，呕哑嘲哳难为听。
今夜闻君琵琶语，如听仙乐耳暂明。
莫辞更坐弹一曲，为君翻作琵琶行。
感我此言良久立，却坐促弦弦转急。
凄凄不似向前声，满座重闻皆掩泣。
座中泣下谁最多，江州司马青衫湿。

【导读】

这首诗也是一首叙事诗，只是没有《长恨歌》那么长（前者120句，后者88句），故事情节没有《长恨歌》那样完整而已，它只是撷取了作者和琵琶女人生中一个小小的片断。

这首诗对于音乐的描写是很成功的。唐代是一个音乐繁盛的时代，唐代许多著名诗人都在自己的作品里描写过音乐。例如李颀的《听董大弹胡笳弄兼寄房给事》、韩愈的《听颖师弹琴》、白居易的《琵琶行》、李贺的

《李凭箜篌引》等等，都是中国诗歌史上的名作。

白居易的这首诗，对于音乐的形象描绘，历来为人们所称道。这个不用多讲。我今天想讲的一个问题，是琵琶女这个形象的真实性问题。

琵琶女这个形象，是一个不够真实的形象。说得具体一点，就是她对自己“老大嫁作商人妇”之后的生活有着严重的失落感，这一点不够真实。琵琶女是一个乐妓，属于歌妓的一种。古代的歌妓都隶属于“娼籍”，无论是教坊的歌妓，还是民间的歌妓，在本质上都是奴隶，不是自由人。她们在政治上、社会上受到种种歧视。例如她们的子女就不能参加科举考试，不能做官，许多人其实是世代为奴。所以，她们最大的愿望就是从良。例如唐代妓女徐月英就有这样一首诗：

叙　怀

徐月英

为失三从泣泪频，此身何用处人伦？
虽然日逐笙歌乐，长羡荆钗与布裙。

“三从”就是在家从父，出嫁从夫，夫死从子。这是古代妇女的人生归宿。但是妓女是没有这种归宿的，她们无依无靠，失去了父亲的庇护，无夫无子，被抛出正常的人伦关系之外，所以她们要“泣泪频”。虽然她们成天轻歌曼舞，穿金戴银，但是这些都不是她们真正想要的。她们真正想要的，是像普通妇女那样生活，哪怕是“荆钗”“布裙”，生活苦一点，她们也很羡慕，很向往。

这就是妓女的真实内心世界。

问题是，如何才能过上普通妇女那样的生活呢？她们只有一条路：从良。

所谓从良，并不是说嫁人就行了，而是要“脱籍”，也就是从官府那里注销她们的“娼籍”，还她们以自由身。但是“脱籍”是有条件的，首先要有人把她们从教坊或者妓院赎出来，这需要花一笔钱；然后再去官府办手续，又要花一笔钱。谁愿意为她们花这些钱呢？只有那些爱她们的男人。

从这个意义上讲，琵琶女应该是很幸运的了。她在“弟走从军阿姨死，暮去朝来颜色故，门前冷落鞍马稀”的时候，在人老珠黄的时候，居然还能“嫁作商人妇”，居然还有商人愿意把她赎出来，帮她“脱籍”，这已经很不容易了。

从作品的描写来看，琵琶女所嫁的那个男人，并不是一个很富有的商人，因为他所经营的茶叶是“浮梁茶”。这种茶并不是什么高档茶，而是一种很普通、很便宜的茶。而且他需要自己亲自去进货，也许手下连个马仔都没有。

他虽然不富有，但是对琵琶女还是很心疼的。他亲自去进货，风餐露宿，冒种种风险，却让琵琶女在船上休闲，守守船，弹弹琵琶。

可是琵琶女并不领情。她认为自己“老大嫁作商人妇”是一种不幸。请问，你不作商人妇，还能作什么妇？作官人妇吗？作诗人妇吗？作“五陵年少”妇吗？不错，“五陵年少”当年是很捧你，可是他们愿意娶你吗？你那么大一把年纪，人老珠黄，除了商人愿意娶你，还有谁？

琵琶女还说，“商人重利轻别离，前月浮梁买茶去。”请问，商人不重利，不去买茶，你吃什么？穿什么？用什么？

总之，琵琶女的那一番言论，无论在过去，还是在今天，都是很错误的，很不得体的，很不识好歹的。

琵琶女的错误，其实就是白居易的错误。白居易的错误主要有四点：

第一，她对妓女的命运缺乏认识。他认为妓女在风月场所弹琴卖唱，“五陵年少”争着给红包、给小费，那才叫幸福；和“五陵年少”喝酒打闹，弄得“钿头云篦击节碎，血色罗裙翻酒污”，那才叫幸福；每天和“五陵年少”厮混，“今年欢笑复明年，秋月春风等闲度”，那才叫幸福。而妓女从良，脱籍，嫁人，过上一种安定的、平静的、有保障的、有人心疼的生活，反倒不幸福了。也就是说，妓女做奴隶就幸福，做自由人反倒不幸福了。应该指出，这种认识是根本错误的。我们不要用时代的局限性来为他开脱，只要我们把他的这首诗与妓女徐月英的那首诗做个对比，我们就知道他的描写是违背历史真实的。

第二，他对商人缺乏认识。他的脑子里有着根深蒂固的轻商观念。他认为琵琶女“老大嫁作商人妇”是一种不幸，请问，不嫁作商人妇，难道嫁作诗人妇吗？你白居易愿意娶她吗？你那么同情她的不幸，你把她娶回去呀！他又说“商人重利轻别离”，请问，商人不做生意，不向国家交税，你这个诗人兼国家公务员吃什么？穿什么？住什么？玩什么？

第三，他作为一个国家公务员，深更半夜，把人家一个有夫之妇叫到自己的船上饮酒弹琴，这还不说，还用很多不恰当的言论，不恰当的同情，不恰当的眼泪，煽动人家对丈夫的不满，对生活的不满。其实琵琶女最初并不想上他的船，人家一直很犹豫，因为毕竟深更半夜了。可是他呢，“千呼万唤”，非要人家出来不可。这就有点像现在的那些腐败官员，非得要那些文艺工作者出来陪酒、陪唱不可一样。

第四，白居易贬低江西民歌。我们知道，江州就是现在的江西九江。九江下面有一个县，过去叫柴桑，现在叫星子。陶渊明就是星子县人，就是九江人。也就是说，唐代的江州，就是陶渊明的故乡，是大诗人的故乡。那个地方能出陶渊明，可见那里的文化并不落后。可是白居易把那里的文化贬得一蹋糊涂。什么“浔阳地僻无音乐，终岁不闻丝竹声”；什么“岂无山歌与村笛，呕哑嘲哳难为听”。你白居易是个河南人，北方人，你听不懂南方的江西民歌，就能判断江西民歌不是好民歌吗？必须指出，在对待民歌的态度上，他是远远不能跟刘禹锡比的。刘禹锡被贬到夔州的时候，对四川民歌是那样亲切，那样重视，自己也跟着学，跟着写，结果发明了一种新的诗体——竹枝词。当刘禹锡的竹枝词传遍天下的时候，白居易也跟着写了。请问，你当年不也到过江州吗？不也听过江西民歌吗？请问你当时是一个什么态度？

白居易之所以会对琵琶女的婚姻，对商人，对江西民歌，有着这么多的认知错误，除了他的阶级立场、认识水平方面的原因之外，也与他当时的心情有关。他被贬到江州，本是一个委屈。这个我们已经讲过了。问题是，他要宣泄心里的委屈就心造一个幻影，塑造一个并不真实的琵琶女的形象，然后对着这个并不真实的形象一吐心中之不快。白居易还说：“同是天涯沦落人，相逢何必曾相识。”其实，你才是沦落人呢，人家琵琶女已经找到人生的归宿，嫁给了一个厚道的商人，人家沦落什么？你把你的沦落感强加在一个已经翻身得解放的琵琶女身上，完全不顾历史的真实和现实的真实，这不能不说是一处败笔。

当然，我们指出白居易的这处败笔，并不是要全盘否定他的这首诗，更不是要否定他这个人。实事求是地讲，《琵琶行》对琵琶音乐的描写是很成功的，不成功的是对琵琶女的描写。由于过去一直没有人指出过这一点，所以我在这里要多讲一点。

白居易除了讽喻诗、感伤诗，还有闲适诗。在闲适诗中，白居易有一些写景抒情的作品，例如《赋得古原草送别》、《钱塘湖春行》、《暮江吟》等等，写得也还不错。大家可以看看，由于这些作品都通俗易懂，我就不再讲了。

第十讲

奇险诗派

奇险诗派又叫韩孟诗派，代表人物有韩愈、孟郊、贾岛、李贺等。这个诗派所走的路线与元白诗派刚好形成对比，如果说元白诗派走的是一条平易的路，那么韩孟诗派走的就是一条奇险的路。就像出门旅游的人，有的人喜欢走平坦的路，走大路，这样安全、舒适；有的人则放着平坦的大路不走，偏要走崎岖不平的小路。为什么呢？因为这种路虽然崎岖难行，但是刺激，且风景独异。

韩孟诗派的共同特点，就是追求奇险。所谓追求奇险，就是不走常人所走的路，不写常人所写的境界，不用常人所用的语言。即使是奇险诗派内部，也是各有面貌，并不雷同。例如：韩愈的特点是“以文为诗”，“以丑为美”；孟郊的特点是以苦涩为美，喜欢哭穷；贾岛的特点是以瘦劲为美。所以，孟郊、贾岛还有一个并称，叫做“郊寒岛瘦”。而李贺的特点则是擅长写非现实的境界，也就是牛鬼蛇神。

就像通俗之美源于杜甫一样，奇险之美也是源于杜甫。杜甫的《北征》就有奇险的特点，也有以文为诗的倾向。

一、孟郊

孟郊（751—814），字东野，湖州武康（今浙江德清）人，少隐嵩山，称处士。据《旧唐书》本传：孟郊“性孤僻寡合，韩愈一见以为忘形之契，常称其字曰东野，与之唱和于文酒之间”。贞元十二年（796），他中进士，时年46岁，4年后调溧阳（今属江苏）尉。

据《唐才子传》：溧阳“县有投金濑、平陵城，林薄蓊翳，下有积水。郊间往从水傍，命酒挥琴，裴回赋诗终日，而曹务多废。县令白府，以假尉代之，分其半俸。辞官家居”。时在贞元二十年（804）元和元年（806），郑馀庆为河南尹兼水陆运使，奏郊为水陆运从事、试协律郎（兼衔）。元和九年（814），郑馀庆为兴元尹、山南西道节度使，又奏郊为节度参谋，试大理评事。郊携妻赴任，中途暴卒。终年64岁，友人私谥“贞曜先生”。韩愈全力营办丧事，作《墓志铭》。

孟郊一生穷愁潦倒，所为诗多道贫寒。如“借车载家具，家具少于车”（《借车》）。又如《答友人赠炭》：“吹霞弄日光不定，暖得曲身成直身。”

有人说，孟郊老是在那里啼饥号寒，器宇不宏，下第则云“弃置复弃置，情如刀剑伤”（《下第》）。登第则云：“昔日龌龊不足夸，今朝放荡思无涯。春风得意马蹄疾，一日看尽长安花”（《登科后》）。其实这恰好表明，孟郊是一个很真实的人。穷就是穷，失意就是失意，不必掩饰。

孟郊的诗名很高，与韩愈并称“韩孟”。《新唐书》本传称：“郊为诗有理致，最为愈所称，然思苦奇涩。”

孟郊诗的突出特点，还是奇险。韩愈称其为诗“刿（guì）目鉥（shù）心，刃迎缕解，钩章棘句，掐擢胃肾，神设鬼没，间见层出”（《贞曜先生墓志铭》）。

苏轼也说他“诗出肺腑出，出辄愁肺腑”，并把他与贾岛并称“郊寒岛瘦”（《祭柳子玉文》）。著有《孟东野诗集》。

游终南山

孟郊

南山塞天地，日月石上生。
高峰夜留景，深谷昼未明。
山中人自正，路险心亦平。
长风驱松柏，声拂万壑清。
到此悔读书，朝朝近浮名。

【导读】

这首诗写终南山之景很独特，所抒发的感慨也非常人所有。因为许多人去终南山，原是为了走“终南捷径”，原是为了求“浮名”。

游子吟

孟郊

慈母手中线，游子身上衣。
临行密密缝，意恐迟迟归。

谁言寸草心，报得三春晖。

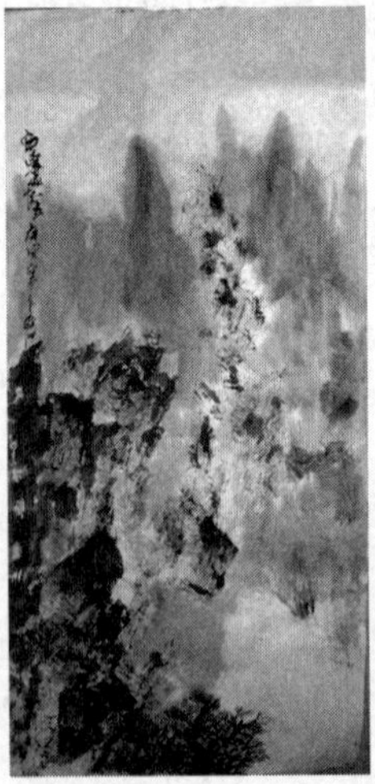

【导读】

这首诗在题材方面也很独特。过去写爱情的作品非常多，写母爱的作品则非常少。为什么呢？可能是因为爱情好写，母爱不好写。母爱太伟大了，怕写得不好。爱情呢，只要如实表达就行了。孟郊这首诗写母爱，选择了一个很好的角度。所以一千多年来，总能引起人们广泛的共鸣，从而增进了人们对母亲的爱和理解。

二、韩愈

韩愈（768—824），字退之，河南河阳（今河南孟州）人，郡望昌黎，故世称韩昌黎。

韩愈一生，三至岭南。

3 岁时，其父病故，由长兄长嫂韩会夫妇抚养。代宗大历十二年（777），韩会贬官韶州，愈亦随之。时年 9 岁。韩会死，则由嫂嫂郑氏独自抚养。韩愈一生不提生母，盖衔恨也。

德宗贞元十九年（803），关中大旱，皇帝下诏免一半租税，而京兆尹李实阳奉阴违，照收不误。监察御史韩愈上书，皇帝为之恻然，然终为李实所忌，贬阳山县令，时年 35 岁。韩愈在阳山，“有爱在民，民生子多以其姓字之”（《新唐书》本传）。一年以后，顺宗立，量移江陵法曹参军。

宪宗元和十四年（819）正月，因谏迎佛骨，贬潮州刺史。凤翔法门寺护国真身塔内，有释迦牟尼指骨一节。谓30年一开，开则岁丰人泰。宪宗乃令中使迎之，留禁中三日。于是，王公士庶奔走舍施，百姓有废业破产，烧顶灼臂而求供养者。愈乃上书。言东汉以后帝王奉佛者，咸至夭折。帝怒，欲处极刑，裴度等人救之。是年冬，由潮州刺史量移袁州刺史。韩愈在潮，起用当地秀才赵德，兴办教育，大得人心。潮人念其恩，以其姓名当地江、山，所谓“赢得江山都姓韩”。

韩愈52岁以前颇多坎坷，三岁丧父，三试不第，贞元八年（792）方中进士，时年25岁。又三试博学宏辞而不入选，洎至先后入宣武节度使董晋、武宁节度使张建封幕，为推官，迁监察御史，又以直言得罪，贬阳山令（今属广东）；顺宗立，才得以量移江陵法曹参军。元和十二年（817），以行军司马从裴度征讨淮西吴元济，升任刑部侍郎；十四年，又以谏迎佛骨，触怒宪宗，贬潮州刺史，量移袁州；52岁以后，才开始显达起来，历任国子祭酒、兵部侍郎、吏部侍郎、京兆尹等职，世称“韩吏部”。

韩愈在文学方面的贡献主要体现在两个方面：一是倡导古文，反对骈文；二是以文为诗，以奇险为美，开启了“韩孟诗派”。

关于韩愈的功绩，苏轼在《潮州韩文公庙碑》中有一个评价：

文起八代之衰，而道济天下之溺；勇夺三军之帅，而忠犯人主之怒。

第一句，是说古文自东汉以后开始衰落，历三国、西晋、东晋、宋、齐、梁、陈、隋，至韩愈而振起。

第二句，是说儒家的道统自周公、孔子、孟子、荀子之后，中断已久，天下道德沦丧，有如溺于水中，而韩愈则把这个道统接上来，拯救了天下人。例如后来人们就称他为韩子，让其配享孔子。这句话有点夸张。韩愈虽然一生维护儒家的道统，力排佛老，但是他对儒家的学说并无新的贡献。

第三句，是说他以行军司马的身份跟从裴度征讨淮西军阀吴元济，维护了国家的统一。

第四句，是说他为了谏迎佛骨，敢于冒犯唐宪宗，以至最后遭贬。

这四句话，除了第二句有点夸张，另外三句都基本符合事实。著有《昌黎先生集》。

山　石

韩愈

山石荦确行径微，黄昏到寺蝙蝠飞。
升堂坐阶新雨足，芭蕉叶大支子肥。
僧言古壁佛画好，以火来照所见稀。
铺床拂席置羹饭，疏粝亦足饱我饥。
夜深静卧百虫绝，清月出岭光入扉。
天明独去无道路，出入高下穷烟霏。

山红涧碧纷烂漫，时见松枥皆十围。
当流赤足蹋涧石，水声激激风吹衣。
人生如此自可乐，岂必局束为人鞿？
嗟哉吾党二三子，安得至老不更归？

【导读】

这首诗，可能作于贬阳山时。“芭蕉叶大支子肥”一句可证。

此诗虽不奇崛险怪，但可作为“以文为诗”的一个代表。像“僧言古壁佛画女子，以火来照所见稀”，“人生如此自可乐，岂必局束为人鞿。嗟哉吾党二三子，安得至老不更归”等，都是古文的句法。

韩愈这个人功名意识特别强。这首诗的最后四句，原不过说说而已，大家不必当真。韩愈问朋友“安得至老不更归”，可是他自己归了没有呢？没有。可以说，韩愈一辈子都没有达到这种境界。

八月十五夜赠张功曹

韩愈

纤云四卷天无河，清风吹空月舒波。
沙平水息声影绝，一杯相属君[1]当歌。
君歌声酸辞且苦，不能听终泪如雨。
洞庭连天九疑高，蛟龙出没猩鼯[2]号。
十生九死到官所，幽居默默如藏逃。
下床畏蛇食畏药，海气湿蛰熏腥臊。
昨者州前捶大鼓，嗣皇继圣登夔皋[3]。
赦书一日行万里，罪从大辟皆除死[4]。
迁者追回流者还，涤瑕荡垢清朝班。
州家申名使家抑[5]，坎轲只得移荆蛮。
判司卑官不堪说，未免捶楚尘埃间。
同时辈流多上道，天路幽险难追攀。
君歌且休听我歌，我歌今与君殊科[6]。
一年明月今宵多，人生由命非由他。
有酒不饮奈明何？

【简注】

①相属（zhǔ）：倾注。②鼯：大飞鼠。③夔皋：尧舜时的两位大臣夔和皋陶。登：进用。④大辟：死刑。除死：免死。⑤州家申名：州府申报名册；使家抑：当时韩愈和张署待命郴州，因湖南观察使杨凭的阻挠，未得调任。⑥殊科：不一样，不同类。

【导读】

此诗作于由阳山令移任江陵府法曹参军时。张功曹，即功曹参军张署，他当年曾与韩愈一起弹劾京兆尹李实。

这首诗中的“洞庭连天九疑高，蛟龙出没猩鼯号”，以及“下床畏蛇食畏药，海气湿蛰熏腥臊”，就是常人未写之景，可以说是“以丑为美”。

这首诗的最后三句，看似豪放，实际上也是牢骚话。就像他写《进学解》一样。看似不在意升迁，实则十分在意。

韩愈一生写过许多《墓志铭》，拿了人家许多“润笔”。由于拿了人家的“润笔”，他可以把一个流氓地痞写成一个道德君子。他的这类文章，被称为“谀墓文字”，历来受到诟病。如今有许多人搞有偿新闻，把贪官写成清官，把流氓地痞写成道德模范。老百姓对这类新闻非常讨厌。可是有偿新闻的老祖宗是谁呢？应该就是韩愈。

读韩愈的作品一定要留个心眼，看他是真话还是假话。

左迁至蓝关示侄孙湘

韩愈

一封朝奏九重天，夕贬潮阳路八千。
欲为圣明除弊事，肯将衰朽惜残年！
云横秦岭家何在？雪拥蓝关马不前。
知汝远来应有意，好收吾骨瘴江边。

【导读】

此诗作于贬潮州途中。前两联有些慷慨激昂，后两联比较伤感和悲观。

韩愈把自己的潮州之贬想得那么可怕，实际上，潮州人民对他实在是太好了。他在潮州也就前后呆了八个月，由于兴办教育，潮州人民很感谢他。连当地的山、水都改姓韩了。山叫韩山，江叫韩江。所谓“赢得江山都姓韩”。潮州人民对他的回报，可以说是尽其所有了。连孔夫子都没有过这样的待遇。其实在潮州办教育的并非韩愈一人。例如写了“谁知盘中餐，粒粒皆辛苦”的李绅，也在潮州办过教育。但是影响没有韩愈大。韩愈的高明之处，在于启用当地秀才赵德。赵德一直赋闲在家，韩愈让他来办教育，他就十分卖力。他把韩愈的文章编为课本，让学生来学习，一方面提高了当地的文化教育水平，一方面也宣传了韩愈。韩愈走后，赵德接着办。这样潮州的文化就慢慢发展起来，到了明清时期，成了“海滨邹鲁”。

三、李贺

李贺（790—816），字长吉，福昌（今河南宜阳）人，家居福昌之昌谷，故有人称他为“李昌谷”，称其诗集为“昌谷集”。李贺为唐高祖李渊叔父郑王李亮之后，李贺常称自己为“陇西长吉”。然而这不过是虚名，一点用都没有，例如他一生，连个考进士的机会都没有。原因是遭人排挤。排挤他的人说，他的父亲叫李晋肃，“晋肃”与“进士”音近，所以不得参加进士考试。这当然是很荒唐的。韩愈还因此写了一篇文章为他辩护。说如果父亲的名字叫“人”呢，那儿子是不是连人都做不成了？但是这都没有用。

李贺没有功名。在京城做了三年的奉礼郎，从七品，然后就回家了。他在贫病交加中去世，年仅 27 岁，和王勃一样，都是 27 岁死的，都是少年天才。著有《李长吉歌诗》，杜牧作序。

李贺不能参加进士考试，没有进士的头衔，在官场郁郁不得志，所以就把自己的天才用于诗的创作，以此来实现自己的价值。李贺做诗真正到了“呕心沥血”的地步。他母亲说：“是儿要把心呕出来了。”

他常常骑着一头毛驴，带着一个书童，去荒郊野外、乱坟场里转悠，寻找灵感。一旦来了灵感，他就写在一张纸条上，放在一个锦囊里，回到家后再完成。这种写作方式，使得他的作品常常出现一些意想不到的非现实的境界，风格瑰丽、幽峭、凄清、奇特，但是有时候也存在“有句无篇”之憾，即整体上不够浑融。

金铜仙人辞汉歌

李贺

茂陵刘郎秋风客，夜闻马嘶晓无迹。
画栏桂树悬秋香，三十六宫土花碧。
魏官牵车指千里，东关酸风射眸子。
空将汉月出宫门，忆君清泪如铅水。
衰兰送客咸阳道，天若有情天亦老！
携盘独出月荒凉，渭城已远波声小。

【导读】

作品所写的是一种非现实的境界。汉武帝的鬼魂，流泪的金铜仙人，送客的衰兰，都是非现实的境界。他通过这种境界，写出了历史的无常，人世的沧桑，感慨是非常深沉的。这是一篇思想艺术价值都很高的作品。

雁门太守行

李贺

黑云压城城欲摧，甲光向日金鳞开。
角声满天秋色里，塞上燕脂凝夜紫。
半卷红旗临易水，霜重鼓寒声不起。
报君黄金台上意，提携玉龙为君死。

【导读】

这是一首乐府体的边塞诗。写将士慷慨报国。作品的色调很凝重，用语很精练，奇情异彩中有一种浓重的悲剧味道。清人沈德潜《唐诗别裁集》称为“字字锤炼而成，《昌谷集》中定推老成之作”。

李凭箜篌引

李贺

吴丝蜀桐张高秋，空山凝云颓不流。
江娥啼竹素女愁，李凭中国弹箜篌。
昆山玉碎凤凰叫，芙蓉泣露香兰笑。
十二门前融冷光，二十三丝动紫皇。
女娲炼石补天处，石破天惊逗秋雨。
梦入神山教神妪，老鱼跳波瘦蛟舞。
吴质不眠倚桂树，露脚斜飞湿寒兔。

【导读】

这是李贺元和六年（811）在长安做奉李郎时听李凭弹箜篌而作。箜篌有竖式和卧式两种，李凭弹的是竖式箜篌，二十三弦。

音乐本来是一种很抽象的东西，所以古人写音乐，例如李颀的《听董大弹胡笳弄》、白居易的《琵琶行》、韩愈的《听颖师弹琴》等，都是用一些现实中的形象来加以比拟和描绘。李贺写箜篌，也是用形象化的手法。但是他所用的形象都是非现实的，江娥、素女、紫皇、女娲、吴质，全是神话中的人物；而“昆山玉碎凤凰叫，芙蓉泣露香兰笑”、“梦入神山教神妪，老鱼跳波瘦蛟舞”等诗句中出现的形象或者境界，则全是非现实的想象。

这个作品的想象力实在是太奇特了，语言也非常奇崛而华丽。

四、贾岛

贾岛（779—843），字浪仙，范阳幽都（今北京市西南）人。他早年出家为僧，法名无本。由于诗写得好，受到韩愈的赞扬。在韩愈等人的蛊惑之下，还俗求功名，参加进士考试，屡试不第，内心十分纠结。文宗开成二年，年五十九岁，始为遂州长江县（今四川蓬溪）主簿，故世称“贾长江”。任满而卒。临终之日，身无分文，唯一头病驴，一把古琴。功名害人，贾岛是一例。

贾岛诗风清峭，诗思奇僻，善写荒凉清幽之景，多愁苦幽独之情，是著名的“苦吟诗人”，所谓“吟安一个字，捻断数茎须”；“两句三年得，一语泪双流”。著有《长江集》。

贾岛的诗影响很大，尤其是对晚唐部分诗人、永嘉四灵、江湖派、竟陵派的影响更大。

忆江上吴处士

贾岛

闽国扬帆去，蟾蜍亏复圆。

秋风生渭水，落叶满长安。

此地聚会夕，当时雷雨寒。

兰桡殊未返，消息海云端。

【导读】

此诗系作者在长安应试时所作，是思念一位去福建的朋友。

“秋风”两句，写秋景，包含了人生的感叹，为千古传诵的名句。

暮过山村

贾岛

数里闻寒水，山家少四邻。

怪禽啼旷野，落日恐行人。

初月未终夕，边烽不过秦。

萧条桑柘外，烟火渐相亲。

【导读】

有人讲，唐代的边烽有两种，一种报战事，一种报平安。此处是报平安，恐未确。这里还是报战事，因为战事“不过秦”，所以这个山村很安宁。

寻隐者不遇

贾岛

松下问童子，言师采药去。

只在此山中，云深不知处。

【导读】

“松下问童子”，是个叙述句。问什么呢？作品没有写。以下三句全是童子的答语。但是通过童子的答语，我们可以推测到诗人的问话：

问：师傅在哪里？

答：“采药去”了。

问：在哪里采药？

答：“只在此山中。”

问：在山中哪个地方？

答：“云深不知处。”

通过答语可以推测到问话，可见答语写得非常好。

通过答语和由此而推测到的问话，描写了一个令人神往的隐者，描写了一个令人神往的境界。可以说是无穷意味，尽在言外。

题李凝幽居

贾岛

闲居少邻并，草径入荒园。

鸟宿池边树，僧敲月下门。

过桥分野色，移石动云根。

暂去还来此，幽期不负言。

【导读】

《苕溪渔隐丛话·前集》引《刘公嘉话》："岛初赴举京师，一日，于驴上得句云：'鸟宿池边树，僧敲月下门。'始欲着'推'字，又欲着'敲'字，练之未定，遂于驴上吟哦，时时引手作推敲之势。时韩愈吏部权京兆，岛不觉冲至第三节，左右推尹至前，岛具对所得诗句云云。韩立马良久，谓岛曰：'作"敲"字佳矣。'"这就是"推敲"这个词语的由来。

剑　客

贾岛

十年磨一剑，霜刃①未曾试。
今日把示君，谁为不平事？

【简注】
①霜刃：剑锋白光凛凛，似有寒意。

【导读】

贾鸟的诗虽然幽奇寒僻，但是好懂。他只是注重锤炼字句，但不刻意用典故，而且用语不华丽，有僧人本色。

通过这首诗，我们可以看出贾岛是个热心肠的人。所以韩愈等人一蛊惑，他就还俗求功名去了。

第十一讲

刘柳中间路线

我们讲过，唐诗的通俗之美和奇险之美都源于杜甫，但杜甫只是肇其端，而元白、韩孟等人则分别把这两种美发展到极致。任何一种美的形态，一旦发展到极致，就会出现丑态。通俗之美在元白那里发展到极致，有些作品不仅仅是通俗，而且是浅俗，甚至是庸俗。所以古人用四个字来评价他们，叫做“元轻白俗”。轻就是轻浮，俗就是浅俗。这是带有贬义的。奇险之美在韩孟一派那里也发展到极致。例如韩愈的不少诗，完全是在那里逞才使气，争奇斗狠，佶屈聱牙，根本让人读不下去。

历史的缺陷总是由历史来弥补的。当元白和韩孟这两个诗派分别把通俗和奇险这两种美发展到极致，使通俗变成浅俗甚至庸俗，使奇险变成佶屈聱牙、不能卒读的时候，有两位诗人，却在坚持走中间路线，这就是刘禹锡和柳宗元，史称“刘柳”。这两个诗人的特点，就是既不像元白那样通俗，也不像韩孟那样奇险。不过他们两人也各有特点，总的来讲，是刘禹锡比较明快，比较豪放；柳宗元则比较忧郁，比较冷峻。

一、刘禹锡

刘禹锡（772—842），洛阳人，出生在嘉兴。贞元九年进士，又登博学宏词科；十一年，授太子校书；后入杜佑幕任掌书记，调渭南县主簿，入朝为监察御史。

“永贞革新”时，他为王叔文集团的核心人物，任屯田员外郎；革新失败，出为连州刺史，寻贬朗州（今湖南常德）司马。时为贞元二十一年，即顺宗永贞元年（805）。

元和十一年（816），贬谪了11年的刘禹锡自朗州被召回长安，作了一首《元和十一年自朗州承召至京，戏赠看花诸君子》：

紫陌红尘拂面来，无人不道看花回。
玄都观里桃千树，尽是刘郎去后栽。

这里的讽刺意味还是比较明显的。意思是说，你们这些新贵们，都是在我们被打倒之后，才发迹变泰的。再一次得罪权贵，再一次贬为连州刺史，转夔州、和州刺史。

十二年后，即大和二年（828）重返京师，作《再游玄都观》：

百亩中庭半是苔，桃花净尽菜花开。
种桃道士归何处？前度刘郎今又来。

意思是说，被贬谪了23年的刘禹锡又回来了，你们这些曾经打击迫害我们的人，又去了哪里呢？

由此可见刘禹锡这个人有一种硬骨头精神。决不向压迫势力妥协。他后来入朝为主客郎中、礼部郎中、集贤殿学士，又为苏州、汝州、同州刺史，开成元年（863）改任太子宾客分司东都，世称“刘宾客”。后迁秘书监分司，加检校礼部尚书。

刘禹锡最大的特点，就是坚持自己的政治主张，无论遭受什么样的打击，无论贬到哪里，都不认错，不屈服。而且所到之处多有惠政。尤其值得称道的是，在夔州时学习当地民歌，创作《竹枝词》，使之成为一种影响深远的新诗体，被称为“竹枝词之祖”。著有《刘梦得文集》，存诗800余首。

刘禹锡的诗，题材广泛，内容丰富，骨力豪劲，精练含蓄，富有哲理，且清新自然，脍炙人口。

（一）怀古诗

西塞山①怀古

刘禹锡

王浚楼船下益州，金陵王气黯然收。
千寻铁索沉江底，一片降幡出石头。
人世几回伤往事？山形依旧枕寒流。
今逢四海为家日，故垒萧萧芦荻秋。

【简注】

①西塞山：系西晋王浚火烧东吴铁链，乘胜取金陵处。旧说在湖北黄石市大冶县东。最近有人说，西塞山在湖北宜昌境内，这个不确。

【导读】

“今逢四海为家日”，难道就无复“伤往事”了吗？刘禹锡是有历史感和政治责任感的官员。他之所以主张革新，就是因为国家面临的问题太多，宦官专权，军阀割据，党争激烈，土地高度集中，贫富悬殊。这首诗写于长庆四年（824），刘禹锡由夔州刺史转任和州刺史途中。这个时候离唐朝亡国还有80年，但是不难看出其中的亡国之忧。

乌衣巷

刘禹锡

朱雀桥[①]旁野草花，乌衣巷[②]口夕阳斜。
旧时王谢堂前燕，飞入寻常百姓家。

【简注】

①朱雀桥：六朝时建康南城门朱雀门外的古浮桥，故址在今南京镇淮桥东，横跨秦淮河。
②乌衣巷：在今南京市东南。三国时，吴在此置乌衣营，因士兵穿乌衣而得名。东晋时，王、谢等望族居于此。

石头城[①]

刘禹锡

山围故国周遭在，潮打空城寂寞回。
淮水东边旧时月，夜深还过女墙[②]来。

【简注】
①石头城：东吴旧城，在今南京市西石头山后面，南北全长约3000米。②女墙：城上凹凸形的矮墙。

【导读】

这两首诗为《金陵五题》中的两首，写于诗人任和州刺史的第二年。前一首的中心意象为“燕”，后一首的中心意象为“月”，都是历史的见证，无限的兴亡之感寄寓在一系列萧索之景中。据作者自序，白居易读过后说：“吾知后之诗人，不复措辞矣。”

（二）其他抒情诗

酬乐天扬州初逢席上见赠

刘禹锡

巴山楚水凄凉地，二十三年弃置身。
怀旧空吟闻笛赋[①]，到乡翻似烂柯人[②]。
沉舟侧畔千帆过，病树前头万木春。
今日听君歌一曲，暂凭杯酒长精神。

【简注】
①闻笛赋：西晋向秀所作《思旧赋》。秀与嵇康、吕安等友善，嵇、吕死后，他经过当年旧居，闻邻人笛声，感而作《思旧赋》。刘禹锡贬谪23年归来时，他的好友王叔文、王伾、韦执谊、柳宗元都已去世。

②烂柯人：晋时王质故事，见《述异记》。王质入山砍柴，见二童子下棋，遂观之。一局完，发现手中的斧柄已烂，回到家中，已经过了100年。

【导读】

此诗作于唐敬宗宝历二年（826）冬，刘禹锡罢和州刺史，与罢苏州刺史的白居易相逢于扬州。白作《醉赠刘二十八使君》，刘和之。白诗云：

为我引杯添酒饮，与君把箸击盘歌。
诗称国手徒为尔，命压人头不奈何。
举眼风光长寂寞，满朝官职独蹉跎。
亦知合被才名折，二十三年折太多。

白诗充满同情和伤感。刘诗虽有沧桑之感，但更多的还是达观。

秋　词

刘禹锡

自古逢秋悲寂寥，我言秋日胜春朝。
晴空一鹤排云上，便引诗情到碧霄。

【导读】

中国古代的诗人，向有悲秋的传统。此诗一反悲秋传统，足见其性情之达观与豪迈。

（三）竹枝词

竹枝词

刘禹锡

山桃红花满上头，蜀江春水拍山流。
花红易衰似郎意，水流无限似侬愁。

又

瞿塘嘈嘈十二滩，此中道路古来难。
长恨人心不如水，等闲平地起波澜。

又

杨柳青青江水平，闻郎江上唱歌声。
东边日出西边雨，道是无晴却有晴。

【导读】

刘禹锡仿屈原作《九歌》而作《竹枝》，体现了伟大的民间立场。他因此而成为文人竹枝词之祖。

二、柳宗元

柳宗元（773—819），字子厚，祖籍河东（今山西永济），世称“柳河东”，生长于长安。德宗贞元九年（793）进士，十四年登博学宏词科，授蓝田尉。十九年拜监察御史里行，二十一年升为礼部员外郎。为王叔文革新集团的重要成员。

“永贞革新”失败后，他被贬为永州（今属湖南）司马。宪宗元和十年（815）正月召回，三月又出为柳州刺史，十四年卒于任所，世称“柳柳州”。

柳宗元活了47岁，被贬了15年。长期的贬谪，使得他的内心非常抑郁，他没有刘禹锡那么达观。但是他从来不屈服，不改变自己的政治立场。他一面在山水中寻求寄托，写下了许多很好的山水游记和山水诗，一面也关心民生疾苦。在永州，他写了《捕蛇者说》，揭露“苛政猛于虎”、“税政猛于虎”的现实；在柳州，解放奴隶，植树造林，造福一方。

通常人们把柳宗元和韩愈相提并论，称“韩柳”，这只是就其在古文方面的成就而言。其实在政治上，他们不是一路人。他的人格比韩愈要高很多。韩愈虽然写过《柳子厚墓志铭》和《柳州罗池庙碑》，可是他并不理解柳宗元，柳宗元生前也知道。所以，柳宗元在死之前委托刘禹锡来整理自己的文集，而没有委托韩愈。

通常人们把柳宗元和刘禹锡并提，称“刘柳”，是就古文这一方面而言；人们一般不在诗歌方面把刘禹锡和柳宗元并提，称“刘柳”。在诗歌方面把刘禹锡和柳宗元并提，称“刘柳”，我恐怕是第一个。我的依据是：刘禹锡的诗，既不像韩孟那样奇险，也不像元白那样通俗，他属于中间路线，恰到好处。至于柳宗元的诗，其主要特点是淡泊，与韩愈、白居易都不同。苏轼《评韩柳诗》云：“所贵乎枯淡者，谓其外枯而中膏，似淡而实美，渊明、子厚之流是也。”又其《书黄子思诗集》后：“独韦应物、柳宗元发纤浓于简古，寄至味于淡泊，非馀子所及也。”

江　雪

柳宗元

千山鸟飞绝，万径人踪灭。

孤舟蓑笠翁，独钓寒江雪。

【导读】

此诗写于永州。大千世界不见鸟的影子，也不见人的足迹。只有一片白茫茫的雪地，一叶孤舟，一个独钓的蓑笠翁。作品借这样一个画面，写出了诗人内心的孤独与高洁。

登柳州城楼寄漳汀封连四州刺史

柳宗元

城上高楼接大荒，海天愁思正茫茫。
惊风乱飐芙蓉水，密雨斜侵薜荔墙。
岭树重遮千里目，江流曲似九回肠。
共来百越文身地，犹带音书滞一乡。

【导读】

此诗写于柳州。写给和诗人一样，因“永贞革新”的失败而被贬为漳州刺史的韩泰、封州刺史的韩晔、汀州刺史的陈谏和连州刺史的刘禹锡。说他们同赴百越文身之地已经是很不幸了，更不幸的是，居然相互之间连个音讯都没有。愁思如海天之茫茫，纠结如江流之九曲。

第十二讲

晚唐的风采

过去人们讲唐诗发展史的时候，习惯于用“初、盛、中、晚”这个概念，认为盛唐最好，中唐次之，初唐幼稚，晚唐颓废。其实这个“初、盛、中、晚”，乃是一个政治史的概念，而不是文学史的概念。

政治和文学虽然有联系，但毕竟各有各的特点，各有各的发展规律。从古今中外文学史的事实来看，一个国家或者政权在政治上强大的时候，文学上并不一定繁荣；相反，在许多时候，往往政治上一蹋糊涂，而文学的成就却很可观。例如19世纪的俄罗斯，政治上还是反动的农奴制，比英、法、德等国的资本主义制度要落后得多，但是文学上却很繁荣。又如我国的民国时期，外强侵略，战乱频仍，经济凋敝，民不聊生，但是文学却相当繁荣。可见，用政治史的概念来衡量文学，是不那么靠得住的。即如唐诗，盛唐固然很好，但是初唐、晚唐也各有特色。关于初唐诗歌的成就，它所体现的极其可贵的宇宙人生之思，我们已经讲过了。现在只说晚唐。

晚唐在政治上是一个混乱的、没有希望的时期，但是正是这种混乱，正是这种没有希望，反倒成全了文学。

晚唐的文学家们看问题是很深刻的，是很有历史感的，他们的作品在艺术上更为成熟，在思想上更有生命意识和忧患意识。

晚唐的杜牧、李商隐、罗隐、皮日休、陆龟蒙、杜荀鹤、温庭筠、韦庄、司空图等人都是很优秀的文学家，尤其是李商隐和杜牧，被称为“小李杜”。他们两人在诗歌上的艺术成就，实际上超过了中唐的元、白、韩、孟。

如果要给唐代的诗人排个座次的话，李白、杜甫并列第一，其次王维，第三把交椅就应该是李商隐了。

一、李商隐

李商隐（813？—858），字义山，怀州河内（今河南沁阳）人，后迁居郑州荥阳。9 岁丧父，少有文名。

与令狐楚之关系：

文宗太和三年（829），李商隐入天平军节度使令狐楚幕，为巡官，甚得其赏识。六年，令狐楚任河东节度使，李商隐随至太原。令狐楚教他做骈文，又推荐他去参加进士考试。

与王茂元之关系：

开成二年（837），也就是令狐楚死的那一年，李商隐进士及第。然后入泾原节度使王茂元幕，为掌书记。王爱其才，以女妻之。这是李商隐最得意的时期，也是他一生悲剧的开始。

在牛李两党的夹缝当中过了一生：

当时牛（僧儒）李（德裕）党争激烈，令狐楚是牛党的人，而王茂元则是李党的人。李商隐当时可能不太知晓其中的内幕，加之令狐楚已死，而王茂元又非常赏识他，所以他就入了王的幕府，接着又做了王的女婿。后来令狐楚的儿子令狐陶得势，一直做到宰相，于是他和他的牛党就一直排挤李商隐。而李党这方面呢，也不看好李商隐，一直把他当作令狐楚的门生。尤其是在王茂元死了之后，更是没有人为他讲话。这样，李商隐就在牛李两党的夹缝当中过了一生，一直都是做校书郎、县尉、秘书省正字、节度判官一类的芝麻官，始终不得志。所谓“虚负凌云万丈才，一生襟抱未曾开”（崔珏《哭李商隐》）。

李商隐很爱自己的妻子，也就是王茂元的女儿，夫妻感情甚笃。但是，这位王女士在李商隐39岁的那一年（851）就去世了。李商隐再也没有续弦，直到46岁去世。

李商隐幼年丧父，中年丧妻，26岁以后，则一直受到牛、李两党的排挤。他在失意和孤独当中过了一生。这样的经历，使得他的心境一直都很悲苦和压抑。他的作品忧生忧世，深情绵邈，寄托遥深，既精粹又华丽，博采众长，自成一家，在后来的诗歌史上有着深远的影响。著有《李义山诗集》、《樊南文集》。

安定[1]城楼

李商隐

迢递高城百尺楼，绿杨枝外尽汀洲。
贾生年少虚垂泪[2]，王粲春来更远游。
永忆江湖归白发，欲回天地入扁舟。
不知腐鼠成滋味，猜意鸳雏竟未休[3]。

【简注】

①安定：汉时郡名，唐改泾州，系泾原节度使所在地。②贾生句：贾谊《治安策》："臣窃惟事势，可为痛哭者一，可为流涕者二，可为长太息者六。"③不知二句：《庄子·秋水》："惠子相梁，庄子往见之。或谓惠子曰：'庄子来，欲代子相。'惠子恐，搜于国中三日三夜。庄子往见之，曰：'南方有鸟名鹓雏，发于南海，而飞于北海，非梧桐不止，非练实不食，非醴泉不饮。于是鸱枭得腐鼠，鹓雏过之，仰而视之曰：'嚇！'今子欲以梁国而嚇我耶？"

【导读】

此诗写于开成三年（838），作者在王茂元幕做了王的女婿。这一年他参加博学宏词科考试，受到牛党的排斥，未被录取。他在诗里表白自己的志向，即干一番事业（回天地）之后，就归隐江湖（入扁舟），不会贪恋禄位。而牛党那些人，以小人之心度君子之腹，形同庄子笔下的鸱枭。

无题（二首选一）

李商隐

昨夜星辰昨夜风，画楼西畔桂堂东。
身无彩凤双飞翼，心有灵犀一点通。
隔座送钩春酒暖①，分曹射覆蜡灯红②。
嗟余听鼓应官去③，走马兰台类断蓬④。

【简注】

①送钩：藏钩之戏。相传汉武帝钩弋夫人入宫时，拳一手，帝披其手，得玉钩，手遂展，后人乃作钩代之戏。见《汉武故事》。又据晋周处《风土记》，谓钩弋之戏是将人分为两组，有一钩，传递后藏于某人之手，让对方猜，猜不中则罚酒。②分曹：分组。射覆：也是一种游戏。在巾、盂等物下预藏一物，令对方猜。猜不中则罚酒。③听鼓应官：听到鼓声即去上班。唐时，长安宫内及各街坊置鼓，晨、暮以鼓声为号令，称为“官街鼓”。《新唐书·百官志》：“日暮，鼓八百声而门闭……五更二点，鼓自内发，诸街鼓承振，坊市门皆启，鼓三千挝，辨色而止。”④兰台：即秘书省。唐高宗时，曾改秘书省为兰台。

【导读】

这是一首爱情诗，写于武宗会昌五六年（845、846），当时李商隐官秘书省正字。作品写一对青年男女虽不能生活在一起（身无彩凤双飞翼），但心灵相通（心有灵犀一点通）。他们在一起饮酒，做游戏，很快乐。遗憾的是，诗人听到五更二点的鼓声，就要上班去了。虽然官不大，但还得辛苦承应。作品流露了爱而不得的遗憾，虽为《无题》，但意思还是好懂的，只是这个恋爱的对象就要费一番猜测了。

夜雨寄北

李商隐

君问归期未有期，巴山夜雨涨秋池。

何当共剪西窗烛，却话巴山夜雨时。

【导读】

此诗又名《夜雨寄内》。据考订，此诗作于宣宗大中九年（855）秋天，时李商隐在梓州（今属四川）幕府任职（参见刘学锴，余恕诚《李商隐诗歌集解》）。他的妻子死在大中五年（851）。如此看来，这首诗就不当是“寄内”了，当以《夜雨寄北》为是。

作品是写给一位恋人的，但对象无从考证。构思非常巧妙，属于吴世昌先生所讲的“西窗剪烛型”，与崔护《题都城南庄》的“人面桃花型”不同。中国的抒情诗虽汗牛充栋，但其抒情模式，主要就是此两种。“人面桃花型”，人物活动的地点不变，空间不变，但时间变了；“西窗剪烛型”，人物活动的时间变了，空间也变了。

“人面桃花型”的时间指向是由过去到今天，“西窗剪烛型”的时间指向是由今天到将来。（崔护《题都城南庄》：去年今日此门中，人面桃花相映红。人面不知何处去，桃花依旧笑春风。）

作品写对方问自己，何时归来。自己却不作正面回答。只说此刻巴山正在下秋雨，雨很大，把池塘都涨满了。这么大的雨，在中原地区是很少见的。等到我们将来相聚，共剪西窗之烛时，我就给你讲讲巴山的夜雨。这就给对方和读者一个很大的想象空间。不像今天的那首流行歌曲《大约在冬季》："你问我何日归故里？我想大约在冬季"，可以说是言尽意尽，没有什么想象空间了。

无　题

李商隐

相见时难别亦难，东风无力百花残。
春蚕到死丝方尽，蜡炬成灰泪始干。
晓镜但愁云鬓改，夜吟应觉月光寒。
蓬山此去无多路，青鸟殷勤为探看。

【导读】

这一首也是爱情诗，写作的时间、地点、对象，均不可考。李商隐的恋爱对象不止一人，大家若有兴趣，可以看看陈贻焮先生的《李商隐恋爱事迹考辨》（见《唐诗论丛》）。

在我看来，李商隐的爱情诗，包括这首《无题》，以及一上首《无题》和《夜雨寄北》，具体是写给谁的，已经不重要了。重要的是他把爱情诗写得这么好，表达了人类的一种普通的精神诉求，具备了一种普遍性的意义，因而成了人类的共同精神财富。

这首诗的意思并不难懂。首联说，人生相见不易，离别更难，在百花凋残的春天离别尤其难，因为春天百花凋残之时的离别，意味着青春的凋谢，年华的老去。颔联说，虽然离别，但此心不改，甚至更加执著。一如春蚕，至死方尽；又如蜡烛，成灰始干。颈联说，离别之后，双方互相牵挂。“晓镜”句写男方牵挂女方；“夜吟”句写女方牵挂男方。尾联，以男方的口吻安慰女方，说女方去的地方，只在蓬山，路途并不遥远，我会经常给你写信的。“青鸟”是神话中的爱情鸟，专为恋爱中的男女传递信息。

值得注意的是，“蓬山”为道家所云神仙居住之地。李商隐曾与华阳观的两位女道士（华阳姐妹）谈恋爱，这首诗是否即为她们中的某一位而作？可以想象，但不必座实。

锦　瑟

李商隐

锦瑟无端五十弦，一弦一柱思华年。
庄生晓梦迷蝴蝶，望帝春心托杜鹃。
沧海月明珠有泪，蓝田日暖玉生烟。
此情可待成追忆，只是当时已惘然。

【导读】

在李商隐的诗中，《锦瑟》这一首是最难懂的。元好问《论诗三十首》之十二：“望帝春心托杜鹃，佳人锦瑟怨华年。诗家总爱西昆好，独恨无人作郑笺”。李商隐的这首诗，由于词意隐晦，历来解说纷纭，或谓悼亡，或谓咏物，或谓怀人，或谓自伤，莫衷一是。古人且不论，只说 1979 年至

2005年间在中国内地发表的，解说这首诗的论文，就多达109篇。其中不乏名家之作。如程千帆、周振甫、先师张国光、刘若愚、朱光潜、王蒙、刘学锴、李国文、徐复观等，都写过这一方面的文章，其中作家王蒙就写了3篇，作家李国文也写了3篇，由此可见这首诗的魅力与复杂性。

历来研究唐诗的学者，学问都很渊博，因为太渊博了，就容易把简单的问题复杂化。因为不把简单的问题复杂化，如何体现他们的渊博呢？即如李白的《蜀道难》，它的主题就是“蜀道难”，但学者们却要为它的主题问题争论不休。又如白居易的《长恨歌》，它的主题就是“长恨”，学者们也要为它的主题问题争论不休。至于李商隐的这首《锦瑟》，它的主题在我看来，就是第二句中的“思华年”三个字，可是学者们同样要为它的主题问题争论不休。

何以见得这首诗的主题就是“思华年”呢？

李商隐活了46岁，有人说是47岁，将近50岁吧。这首诗就写在他的晚年。古瑟原来有五十弦，后世易为二十五弦。诗人看到的锦瑟，偏偏就有五十弦，所以他用“无端”二字来表达自己的惊诧感与宿命感。意思是说，自己本来不想回忆往事，但是这个锦瑟，居然有五十弦，和自己的年岁相近，这就不得不让自己想起自己的一生，所谓“思华年”了。

“思华年”就是“思年华”，就是回忆和总结自己的一生。如果是写传记，他会写出具体的时间、地点、人物、事件、前因、后果等等，但他不是写传记，而是写诗，并且是写七言律诗。一首七言律诗只有8句56个字，如何在这8句56个字里，写尽自己的一生呢？最好的办法就是用典故。而用典故恰好是他的强项。

典故有本来义，也有引申义。这首诗中的“庄生晓梦”、“望帝”、“沧海明珠”、“蓝田日暖”等典故，其本意并不复杂，李商隐用它们来表达自己的身世，也并不复杂，不需要太多的引申。例如：

“庄生晓梦”，典出《庄子·齐物论》：“昔者庄周梦为蝴蝶，栩栩然蝴蝶也……俄而觉，则蘧蘧然周也。不知周之梦为蝴蝶与？蝴蝶之梦为周与？”本义是讲物我齐一。李商隐赋予的引申义是什么呢？要注意“晓梦”这两个字。梦见自己成了一只自由飞翔的蝴蝶，自然是非常美好的。可惜是“晓梦”。“晓梦”的特点是易醒，即好梦不长，故醒了之后，就很惆怅，很迷茫。所以又用了一个“迷”字。这句是说，我年轻的时候，曾经有过美好的梦想，可惜这个梦想很快就破灭了。

“望帝”，典出《华阳国志·蜀志》：“杜宇称帝，号曰望帝……会有水灾，其相开明决玉垒山以除水害，帝遂委以政事，法尧、舜禅授之义，遂禅位于开明，帝升西山隐焉。时适二月，子鹃鸟鸣，故蜀人悲子鹃鸟鸣也。”又据《说文》，杜宇死，其魄化为子规。子规，鸟名，即杜鹃，又名杜宇。望帝死后化为杜鹃，杜鹃声悲，说明他有冤情，说明他的禅让是迫不得已。春心，即伤春之心。望帝把自己的伤春之心，借杜鹃之声来表达。可见本义也是明了的。联系上一句，这一句的意思也很明了，即我年轻的时候，曾经有过美好的梦想，可惜这个梦想很快就破灭了。我的青春、我的生命就这样一天又一天、一年又一年地消磨。我的内心是迷茫的，悲伤的，我无可告诉，只有借我的诗，来表达自己的迷茫和悲伤，就像望帝借杜鹃之声来表达自己的悲伤一样。

“沧海”句，典出干宝《搜神记》：“南海之外，有鲛人，水居如鱼，不废织绩，其眼泣则能出珠。”又张华《博物志》：“鲛人从水出，寓人家积日，卖绡将去，从主人索一器，泣而成珠满盘，以予主人。”这两条的意思合起来看，就是沧海里有鲛人，鲛人能泣珠，泣珠还报主人。反过来讲，如果泣珠而不能还报主人，或者说不能遇到值得还报的主人，那就成了“沧海遗珠”。《新唐书·狄仁杰传》：“举明经，调汴州参军。为吏诬诉，黜陟使阎立本召讯，异其才，谢曰：‘仲尼称观过知仁，君可谓沧海遗珠矣’。荐授并州法曹参军。”是以“沧海遗珠”，是指人才被埋没。又民间传说，珠生于蚌，蚌在海中，每当月明之夜，蚌则向月张开，以养其珠。珠得月华，始报光莹。明白了上述来历，再看“沧海月明珠有泪”，意义就不难理解了。也就是说，我是一个被埋没的人才，就像沧海遗珠，无人可报答。每当月明之夜，我只有悄悄地流泪。

“蓝田”句，可参司空图《与极浦论诗书》引中唐诗人戴叔伦语：“诗家之景，如蓝田日暖，良玉生烟，可望而不可置于眉睫之前也。”蓝田之玉是良玉，在天气暖和的时候，会有烟气冒出。但是这种良玉之烟，是可望而不可及的。这一句是写自己的理想，虽然美好，但是由于现实的种种掣阻，总是可望而不可及。

最后两句总结说，我的种种迷茫，种种悲伤，种种失落与惆怅，其实是不需要追忆的。早在当时，我就深感迷惘了。这两句在结构上照应“思华年”三字，非常完整。

总之，李商隐的《锦瑟》一诗并不难解，只要我们了解诗中各典的本义，然后再联系诗人的身世遭遇，其思想情感还是可以把握的。

嫦　娥

李商隐

云母屏风烛影深，长河渐落晓星沉。

嫦娥应悔偷灵药，碧海青天夜夜心。

【导读】

有人以为，这是咏女道士之作；还有人以为是自伤之作。都可通，然都不止于此。可细玩。

贾　生

李商隐

宣室求贤访逐臣①，贾生②才调更无伦。

可怜夜半虚前席③，不问苍生问鬼神。

【简注】

①宣室：未央宫前殿正室。②贾生：贾谊，汉文帝时文学家，官至梁怀王太傅。此前曾为长沙王太傅，在长沙呆了四年左右。③前席：在坐席上移膝靠近对方。

【导读】

贾谊为长沙王太傅，人们视之为怀才不遇的一个典型；贾谊被召见于宣室，人们又视之为君臣遇合的一件盛事。李商隐独辟蹊径，认为贾谊虽然被皇帝召见于宣室，然皇帝所向者，并非苍生之事，乃鬼神之事，仍然是怀才不遇。

个人认为，写诗固然可以这样写，因为这样写可以推陈出新，但是对于这件事情本身的性质，却不应该这样认识。

首先，汉文帝并非庸主。他对贾谊的才华是很赏识的，对贾谊的任用，也是超常规的，所谓“超迁，一岁中至太中大夫”（《史记·屈原贾生列传》）。他让贾谊去做长沙王太傅，应该说含有保护贾谊的成分。贾谊得罪了“绛、灌、东阳侯、冯敬之属”，而这些人又都是刘邦时代的老臣，连文帝本人都要谦让三分，贾谊如何得罪得起？文帝让贾谊去做长沙王太傅，让他避一避“绛、灌、东阳侯、冯敬之属”的锋芒，同时也去基层锻炼一下，有何不可？四年之后，文帝不是把他召回了吗？贾谊回来之后，文帝又让他为梁怀王太傅。“梁怀王，文帝之少子，爱，而好书，故令贾生傅之。”让他去教自己最喜爱的儿子，不可谓不重其才。

其次，关于宣室问鬼神的事。文帝召贾谊于宣室，为何不问苍生而问鬼神？那是因为文帝“方受釐”（刚举行过祭祀，接受神的福祐）。《史记·屈原贾生列传》载：“贾生征见。孝文帝方受釐，坐宣室。上因感鬼神事，而问鬼神之本。贾生因具道所以然之状。至夜半，文帝前席。既罢，曰：‘吾久不见贾生，自以为过之，今不及也。’居顷之，拜贾生为梁怀王太傅。”皇帝“因感鬼神之事，而问鬼神之本”，有何不合情理之处？此时问鬼神，以后再问苍生嘛！后来不久，不是让他做了梁怀王太傅吗？可见并没有把他当作“巫史之流”看待。

最后，贾谊早逝，是因为梁怀王坠马而死，他觉得自己没有尽到一个师傅的责任，“哭泣岁余，亦死”，而皇帝并没有责罚他。贾谊活了 33 岁，在长沙只呆了 4 年。这 4 年，用今天的话来讲，可以说是在基层锻炼。没有什么大不了的。不似后来许多文人贬窜南荒，死于贬所。他的一生，算不上什么悲剧。多数的文人还不如他呢！李商隐本人就不如他，“虚负凌云万丈才，一生襟抱未曾开”，何曾得到过皇帝的召见？

乐游原①

李商隐

向晚意不适，驱车登古原。
夕阳无限好，只是近黄昏。

【简注】

①乐游原：《长安志》、《唐两京城坊考》认为乐游原在昇平坊，《类编长安志》认为乐游原在青龙坊，台湾学者简锦松通过现地研究，认为乐游原在青龙坊的北邻——修政坊高地，海拔 450 米左右。在这里可以完整地俯瞰曲江池。（参见《唐诗现地研究》）

【导读】

“意不适”，就是心情不好。心情不好的时候，看到“无限好”的夕阳，心情还是不好的，所以有“只是近黄昏”之叹。

“只是近黄昏”之叹，既与个人心情有关，也与时代的氛围有关。例如盛唐的王之涣，登上鹳雀楼之后，面对“白日”（也就是夕阳），可以有“更上一层楼”的豪兴，而处于末世的李商隐则没有。其实

说到个人的际遇，王之涣甚至还不如李商隐。他连进士的功名都没有。先是做衡水主簿，被人诬陷，居家15年。至晚年才被启用，也只是做个文安县尉。

二、杜牧

杜牧（803—852），字牧之，京兆万年（今西安）人，祖居长安樊川，世称“杜樊川”。他是文宗大和二年（828）的进士，又登贤良方正能直言极谏科，授弘文馆校书郎；旋入沈传师江西、宣州幕府，又入牛僧儒淮南幕府，任掌书记，世称“杜书记”。

后来入朝为监察御史、左补阙，出为黄州、池州、睦州刺史；再入为司勋员外郎，人称“杜司勋”，复出为湖州刺史；官中书舍人，故世称“杜舍人”，因中书舍人尝称紫薇舍人，故又称“杜紫薇”。

杜牧为宰相杜佑之孙，出身名门。长到十岁，祖父才去世，所以能够亲承祖父的教诲。杜牧从小博览群书，自称对“治乱兴亡之迹，财赋兵甲之事，地形之险易远近，古人之长短得失”（《上李中丞书》）尤为留意，诗、赋、文均擅，书画亦精。

杜牧为人风流豪放，喜欢谈兵论史，尤其关心国家大事。其诗歌题材广泛，内容丰富，风格多样。其古诗雄豪跌宕，绝句俊爽清丽又明快自然，最具风情。著有《樊川文集》。

（一）怀古之作

题宣州开元寺水阁阁下宛溪夹溪居人

杜牧

六朝文物草连空，天淡云闲今古同。
鸟去鸟来山色里，人歌人哭水声中。
深秋帘幕千家雨，落日楼台一笛风。
惆怅无因见范蠡，参差烟树五湖东。

【导读】

此诗作于唐文宗开成三年（838），作者时任职于沈传师宣州幕府。作品写历史的无情与人间的歌哭，感叹自己不能像范蠡那样建功立业，然后功成身退。

赤　壁

杜牧

折戟沉沙铁未销，自将磨洗认前朝。
东风不与周郎便，铜雀春深锁二乔。

【导读】

此诗作于武宗会昌二年（842）四月，作者时任黄州刺史。黄州有“赤鼻矶”，杜牧误以为是当年发生赤壁之战的赤壁，即三国周郎赤壁。事

实上，真正的三国周郎赤壁在鄂州蒲圻县（今湖北赤壁市），不在黄州。关于这个问题，杜牧的祖父杜佑在他的名著《通典》里有明确记载。杜牧可能是忘记了。在他的另一首诗《齐安郡晚秋》里也有类似的错误：“可怜赤壁争雄渡”。齐安郡，也就是黄州。可见他是一错再错。他自称于“治乱兴亡之迹，财赋兵甲之事，地形之险易远近，古人之长短得失”，无不留意；又常常以自己的祖父杜佑为荣：“我家公相家，剑佩尝丁当。旧第开朱门，长安城中央。第中无一物，万卷书满堂。家集二百编，上下驰皇王”（《冬至日寄小侄阿宜诗》）。所谓“家集二百编”，就是指《通典》。他肯定是读过这部“家集”的，只是把“赤壁”的真正位置忘记了。杜牧毕竟是个诗人，不是历史地理学家。错了就是错了，不必为他辩护。

这首诗，体现了杜牧“好谈兵”的特点。意思是说：周瑜也没有什么了不起。他打败曹操，是凭借东风的力量，也就是侥幸成功。言下之意，是说如果历史给他这个机会，他的表现肯定比周瑜出色。由于作品翻了历史的案，所以给人的印象尤其深，一千多年来脍炙人口。

泊秦淮

杜牧

烟笼寒水月笼沙，夜泊秦淮近酒家。

商女不知亡国恨，隔江犹唱《后庭花》。

【导读】

此诗写于宣宗大中二年(848)。杜牧时由睦州刺史转为司勋员外郎，从睦州到长安，路过金陵，写了这首诗。当年刘禹锡在《金陵五题》中写道：“万户千门成野草，只缘一曲《后庭花》。”如今杜牧的诗写道：“商女不知亡国恨，隔江犹唱《后庭花》。”刘禹锡写那两句诗的时候，离唐朝亡国还有80年；杜牧写这两句诗的时候，离唐朝亡国只有56年了。历来的诗人对于国家的治乱兴亡都是很敏感的，可惜统治者往往不以为意。

过华清宫绝句三首（其一）

杜牧

长安回望绣成堆，山顶千门次第开。

一骑红尘妃子笑，无人知是荔枝来。

【导读】

诗写“无人知是荔枝来”，其实至少有三个人应该是知道的。一个是唐玄宗，一个是杨贵妃，一个是李林甫。当时送到华清宫的荔枝，主要产自涪陵（今属四川）。要想把荔枝由涪陵送到临潼的华清宫而不变味，只能靠快马。所以读这首诗，最好能和苏轼的《荔枝叹》结合起来。

苏轼诗云：

十里一置飞尘灰，五里一堠兵火催。
颠坑仆谷相枕藉，知是荔枝龙眼来。
飞车跨出鹘横海，风枝露叶如新采。
宫中美人一破颜，惊尘溅血流千载。

快马送荔枝，不知害了多少人畜的性命。杜牧揭露统治者的腐败，并不声色俱厉，他只用“妃子笑”三字，即可令人想到周幽王当年为了博得褒姒一笑而不惜忽悠全国的诸侯，最终导致亡国的往事。可谓婉而深。

题乌江亭

杜牧

胜败兵家事不期，包羞忍耻是男儿。
江东子弟多才俊，卷土重来未可知。

【导读】

项羽应不应该过江东，对于项羽本人来讲不是一个问题，那就是坚决不过。

对于后人来讲，则是一个问题，因为有人主张过，有人不主张过。李清照是不主张过的，所谓“至今思项羽，不肯过江东”（《夏日绝句》）。李清照是借题发挥。她亲身经历了北宋末年的“靖康之乱”，亲身经历了国破家亡的惨痛。她认为，当时的君臣如果不逃跑到江东，而是在中原再坚守一段时间，金人是会退却的。她是借项羽的“不肯过江东”来批评宋高宗、秦桧一班人的逃跑主义。

而杜牧是主张过的。杜牧认为，如果项羽过江东，再组织一批江东子弟来和刘邦决一雌雄，究竟鹿死谁手还未可知呢！杜牧代表了统一时代的一般人的想法。这也是在做翻案文章，而且做得很成功。

（二）赠妓之作

赠别（其一）

杜牧

娉娉袅袅①十三馀，豆蔻②梢头二月初。
春风十里③扬州路，卷上珠帘总不如④。

【简注】
①娉娉袅袅：体态轻盈柔美。
②豆蔻：多年生草本植物，初夏开花，二月初犹含苞未放。
③春风十里：形容扬州娼楼妓馆林立，舞榭歌台分布很广。
④“卷上珠帘”句：谓珠帘之下，美女如云，但都不及此人。

赠别（其二）

杜牧

多情却似总无情，唯觉樽前笑不成。

蜡烛有心还惜别，替人垂泪到天明。

【导读】

此诗作于杜牧任牛僧儒淮南节度使幕府掌书记时，时间在大和七年至九年之间（833—835）。前一首写歌女之美丽，后一首直接写与歌女惜别。

此时的杜牧，年龄在30岁左右，是他一生最为风流的时期。高彦休《唐阙史》载："牧少隽，性疏野放荡，虽为检刻，而不能自禁。会丞相牛僧儒出镇扬州，辟节度掌书记。牧供职之外，唯以游宴为事。扬州，胜地也，每重城向夕，倡楼之上，常有绛纱灯万数，辉罗耀烈空中，九里三十步街中，珠翠填咽，邈若仙境。牧常出没驰逐其间，无虚夕。"

杜牧风流，无须为他辩护。

遣　怀

杜牧

落魄江湖载酒行，楚腰纤细掌中轻[1]。
十年一觉扬州梦，赢得青楼薄倖名。

【简注】

①楚腰纤细：身材苗条。《韩非子·二柄》："楚灵王爱细腰，而国中多饿人。"

【导读】

这首诗自曝风流生涯，看似潇洒，实则悲凉。意谓自己这么些年在扬州，并没有发挥政治军事才干，只是在青楼里留下一个骂名而已。

（三）写景之作

江南春绝句

杜牧

千里莺啼绿映红，水村山郭酒旗风。
南朝四百八十寺[①]，多少楼台烟雨中？

【简注】

①南朝句：据《南史·郭祖深传》："都下佛寺，五百馀所。……所在郡县，不可胜言。"

【导读】

这首诗作于文宗大和七年（833），杜牧在沈传师宣州幕府。

杜牧的这首诗，语含讽刺。意思是说，南朝统治者多信佛教，大兴土木，劳民伤财，结果还是亡了。

山　行

杜牧

远上寒山石径斜，白云深处有人家。
停车坐爱枫林晚，霜叶红于二月花。

【导读】

写秋景而如此明丽，如此可人，没有半点衰飒之气，可以和刘禹锡的《秋词》相媲美。两人都比较豪放。

附录

文学经典是如何产生的

——以王勃《滕王阁序》为例[①]

各位专家：

上午好！

我们600多人，从大江南北、黄河上下聚集到广州大学，讨论经典的诵读，这个场面是很壮观的；会议期间，还有1200名大学生现场朗诵《礼记》的《大学》篇，这个场面尤其壮观。这表明：经典的诵读是很重要的，经典的诵读需要营造一种气氛。

在壮观之后，我想问大家一个问题：经典是怎么产生的呢？或者说，是一些什么样的人，在什么样的时间、什么样的空间、什么样的心境之下创造了经典呢？

我认为这个问题也是很重要的。因为对这个问题的思考，有助于我们更好地理解经典。

今天，我想借这个机会，就这个问题和大家做一个初步的交流。

---

① 2011年11月26日至29日，中华书局在广州大学主持召开“中华情·经典研讨会”，本人应邀在会上演讲。这是当时的演讲纪录。

一、文学经典产生的四个条件

我认为，文学经典是天才的作家在特定的时间、空间和心境之下创造的。文学经典的产生，需要四个条件：

1. 天才的作家；
2. 特定的时间背景；
3. 特定的地理环境；
4. 特定的心境。

这四个条件，是文学经典产生的必要条件，缺一不可。

第一个条件，属于文学人才学的问题；第二个条件，属于文学史的问题；第三个条件，属于文学地理学的问题；第四个条件，属于创作心理学的问题。

通常情况下，人们比较留意第一、第二、第四个条件，而对第三个条件有所忽略，也就是说，对地理环境与文学经典的关系有所忽略。所以，我要请大家特别留意一下这个问题。

下面我以王勃的《滕王阁序》为例，看看文学经典是如何产生的。

二、《滕王阁序》的产生

1. 王勃是历史上少见的少年天才

王勃（650—676），字子安，绛州龙门（今山西河津）人。他是“初唐四杰”的代表人物，也是中国历史上少见的少年天才。他的祖父王通，是隋朝末年的大学者，即文中子。他的遗传基因应该是非常好的。

王勃6岁的时候就会写文章。9岁的时候能读当代大学者颜师古的名著《汉书注》，发现了其中的许多问题，并作《指瑕》10卷，被世人誉为

“神童”。

由于有“神童”之誉，被宰相刘祥道知道了，于是向朝廷推荐，让他参加“幽素科”的考试。唐代的科举考试有许多科目，“进士科”最为热门，所以人们往往把进士考试作为科举考试的代名词。实际上，除了进士科，还有许多别的科目，例如“幽素科”、“明经科”等等。“幽素科”与“进士科”具有同等地位，王勃以高分被录取，等于获得了进士的头衔。他被任命为“朝散郎”，从七品，相当于今天中央国家机关的一个处级干部，当时只有16岁。

9岁完成十卷学术著作，16岁当上七品京官，这在今天来讲都是不可能的，在历史上也非常少见。所以，我们说他是历史上少见的少年天才。

2. 王勃写作《滕王阁序》的时间背景

20岁的时候，王勃被征为沛王府侍读，就是教王子读书的官，正七品。沛王李贤是唐高宗的第六个儿子，后来曾经做过太子。

那时候，王子中间流行一种游戏——斗鸡。在鸡爪子上装上铁爪子，让他们相互抓。有一次，沛王的鸡和英王的鸡相斗，王勃写了一篇游戏文章，叫做《檄英王鸡》，这是一篇战斗檄文。王勃以沛王鸡的口吻，声讨英王鸡，向英王鸡宣战。这个英王，有人说是周王，他可不是一般的人啊，他就是后来的唐中宗。

斗鸡也好，写战斗檄文也好，都不过是年轻人玩的一种游戏，按说没有什么大不了的。但是这件事情被唐高宗知道了。唐高宗就是武则天的老公，是唐代第一个怕老婆的人，也是最高级别的怕老婆的人。此人虽然怕老婆，但是和今天很多怕老婆的领导干部一样，在外面还是很威风的。他发现王勃写了这一篇《檄英王鸡》，大发雷霆之怒，说你这不是在挑起王子之间的矛盾吗？这样的人，怎么能够当王子的老师呢？“给我赶出王府！”

王勃被赶出王府之后，倒霉的事情就接着来了。先是把他凉在家里，久久不安排工作。后来，虢州（今河南灵宝一带）空出一个“参军”的位置，才让他补上。所谓“参军”，原来是指参谋军事的官，后来成为刺史的辅佐官之一。这样，王勃就由一个京官变成了一个地方官。王勃做过王子的老师，是见过大世面的人，他的学生沛王李贤，是一个很贤明很有学问的人。现在到了地方上，所见到的人哪有王子的水平高呢？于是，王勃就有些看不起他们，言谈举止之间流露出某些恃才傲物的样子，有意无意地得罪了同僚。因此，就有人陷害他，说他在家里窝藏重刑罪犯，后来又怕事情败露，居然擅自把这个罪犯杀了。罪犯虽然犯了死罪，但是也轮不到你来杀他呀！你应该把他交给公检法呀！所以王勃也就犯了死罪，本来是要杀头的，幸好被皇帝赦免了。但是也给了一个严厉的处分——开除公职，也就是清除出公务员队伍。这是咸亨五年，也就是公元 674 年的事，王勃当年 25 岁。

王勃不仅丢了公务员的饭碗，还连累了他的父亲王福畤。朝廷认为，王福畤作为王勃的第一监护人，没有尽到监护之责。于是由雍州司功参军贬为交趾县令。雍州在今天的陕西西安一带，虽然司功参军不是朝官，但也是天子脚下的官。交趾在今天的越南境内。唐代的越南，属于中国的管辖范围。

可见唐代的法律还是很严厉的。我们看看现在的干部，儿子醉驾撞死了人，做父亲的只想道个歉、鞠个躬、赔几两银子，就希望没事了。

据清朝学者姚大荣《王子安年谱》一书考证，王勃是被人陷害的，所谓“假手官奴，以攻其瑕”。他没有窝藏罪犯，更没有擅自杀死罪犯。《王子安年谱》问世的时候，王勃已经死了一千多年了，当然不可能有人给他平反。历史上的冤假错案多的是，有几个能够平反？

王勃的这档事，害了他的爹。用今天的话来讲，就是“坑爹”。王勃坑了自己的爹，心里好受吗？肯定是不好受的。一年以后，也就是上元二年，即675年，他去看望自己的父亲。路过洪州都督府所在地，也就是今天的南昌，恰好碰上洪州都督阎伯玙在滕王阁大会宾客，古人叫做“文酒之会”。也就是以文会友，以诗会友。王勃应邀参加了这个“文酒之会”。正是在这个“文酒之会”上，他写下了千古名作《滕王阁序》。

滕王阁，本是唐高祖李渊的第二十二个儿子李元婴修建的。他被封为滕王，所以这座建筑就叫“滕王阁”。到阎伯玙来做洪州都督的时候，这座楼已经有二十多年的历史了，已经有些陈旧了。于是，阎伯玙就把它修饰一番，然后选在九月的一天举行“文酒之会”，大会宾客。

在当时的与会人员中，有一个是阎伯玙的女婿，姓孟，王勃在《滕王阁序》中称他为“孟学士”，所谓“腾蛟起凤，孟学士之词宗”。可见这孟学士应该是比较有文才的一个人。按照阎伯玙的计划，是让到会的人各写一首诗。写完之后，再由自己的女婿孟学士来写一篇序，就像当年王羲之写《兰亭集序》一样。这阎伯玙是一个很有经验的官员。他怎么好直接了当地安排自己的女婿写序呢？这不是公开的“以权谋私”吗？所以他就客套了一番，一个一个地请在场的那些有点名望的人作序。那些人心里都有数，知道阎伯玙的本意是要让自己的女婿出名，所以都推辞不写。后来请到王勃。王勃年轻，没有城府，也可能真的不知道阎伯玙的本意。人家叫他写，他就不客气了。

据说阎伯玙当时就很不高兴，拂袖而去，让身边的人看着，看王勃如何下笔，自己则坐在隔壁的一间房子里听汇报。

“第一报云：‘南昌故郡，洪都新府。’公曰：‘亦是老生常谈！’又报云：‘星分翼轸，地接衡庐。’公闻之，沈吟不言。又云：‘落霞与孤鹜齐飞，秋水共长天一色。’公矍然而起曰：‘此真天才，当垂不朽矣！’遂极请宴所，极欢而罢”（王定保《唐摭言》）。

写下《滕王阁序》之后，王勃就离开南昌，去交趾县看望他的父亲。他在交趾住了一些日子，回来的时候，不幸掉到海里。有人说王勃是掉到海里淹死的。这个说法不正确。《新唐书》的记载是：“渡海溺水，悸而卒。”王勃被救上来之后，由于感到后怕，被吓死了，时年27岁。王勃的著作，有《王子安集》，收诗文16卷。

3. 王勃写作《滕王阁序》的心境

王勃写作《滕王阁序》的时候是个什么心境？一般人都以为他风头出尽，一举成名，心境一定很好。其实，他的心境是很复杂的。王勃的心境，要通过他的这篇文章来细细体会。

一是高兴。

家君作宰，路出名区。童子何知，躬逢胜饯。

二是悲伤。

天高地迥，觉宇宙之无穷；兴尽悲来，识盈虚之有数。望长安于日下，目吴会于云间。地势极而南溟深，天柱高而北辰远。关山难越，谁悲失路之人？沟水相逢，尽是他乡之客。怀帝阍而不见，奉宣室以何年？嗟乎！时运不济，命途多舛；冯唐易老，李广难封。屈贾谊于长沙，非无圣主；窜梁鸿于海曲，岂乏明时？

三是达观。

所赖君子见机，达人知命。老当益壮，宁移白首之心？穷且益坚，不坠青云之志。酌贪泉而觉爽，处涸辙而相欢。北海虽赊，扶摇可接；东隅已逝，桑榆非晚。孟尝高洁，空馀报国之情；阮籍猖狂，岂效穷途之哭？

当时的王勃是一个丢了官职的文学青年，他能参加阎伯玙这样一个一方大员主持的“滕王阁之会”，就像今天的一个失足的文学青年能够参加由省委书记、省长主持的会议一样，对他来讲是一件很荣幸的事情，所以他高兴。

但是，他的高兴是暂时的。当他站在滕王阁上，看到天地之间那无边的秋色，想到宇宙无穷，人生有限。而在这有限的人生中，还要经受那么多的打击和委屈，所以就悲从中来。

但是，那一天的“滕王阁之会”，毕竟是一个大家高兴的日子。他不能老是悲伤啊。再说，他所接受的中国传统文化告诉他，打击和委屈总会过去的，他应该从悲伤中走出来，把眼光放远一点，所以他就变得达观了。

王勃的高兴、悲伤和达观，都是很真实的。在这几种心情中，悲伤是主要的，其次是达观，再其次是高兴。换句话说，高兴是暂时的，达观也是暂时的，真正挥之不去的，是由来已久的悲伤。这是王勃的基本心境，或者说，是他当时心情的主色调。

王勃的悲伤，不仅仅由于个人的遭遇，也由于对人生的宏观的感悟和思考。宇宙无限而人生有限，而在这有限的人生当中，还有那么多的、甚至是没完没了的忧患。这是人类最大的悲伤。王勃的悲伤，既是他个人的悲伤，也是人类普遍的悲伤。他个人的悲伤，足以引起人们对这位少年天才的同情；而他对宇宙人生的悲伤，则更能引起人们广泛的共鸣。

许多人读《滕王阁序》，不去细细体会王勃的心情，只是欣赏他的写景文字，甚至只是欣赏他的“落霞与孤鹜齐飞，秋水共长天一色”这两句写景文字。这叫不得要领。

还有一些人，只是羡慕王勃的名声，既没有王勃的才华，更没有王勃的忧患，也要在滕王阁上舞文弄墨，写一些歌功颂德、空洞无物的文字。这叫附庸风雅。

文学的本质，就是“生于忧患，死于欢乐”。中国文学史上的所有经典之作都是忧患之作，没有哪一部歌功颂德的东西能够成为不朽的经典。

一个没有忧患意识的人，是不能成为真正的文学家的。现在有一些八面玲珑、活得有滋有味、没有忧患意识的人，想出名，想让自己的作品成为经典之作，于是到处找人写书评，到处找媒体去宣传、去炒作，这一切实际上都是徒劳的。没有忧患意识的人想成为经典作家，只能是白日做梦。

《滕王阁序》是一篇忧患之作。由于有忧患，加上又有文采，就能够引起人们广泛的共鸣和欣赏，所以就成了经典。

4.《滕王阁序》产生的地理环境

《滕王阁序》的产生，与滕王阁特殊的地理环境是有重要关系的，过去讲《滕王阁序》的人往往忽略了这一点。所以，我们在这里不妨做一个稍微细致一点的分析。

我们先看人文环境。请大家想一想这样一个问题：王勃是怎么进入会场的？

这一次的“滕王阁之会”，是由都督阎伯玙主持召开的。唐代的地方行政建置，就是州、县两级。只在军事要地所在的州里设置都督府，都督府的长官就是都督。洪州都督府的管辖范围，实际上就是当时的江南西道的19个州。它的版图不仅包括了今天的江西全境，还包括了今天安徽、湖南、湖北的部分地区。阎伯玙的权力有多大呢？就是这19个州的军事、财务、政务、监察都归他管。今天一个省委书记、一个省长、一个省军区司令的权力，加起来还没有他的权力大。我们由此可以想见，由这个阎都督主持的“滕王阁之会”规格有多高。《滕王阁序》写道：

> 雄州雾列，俊采星驰。台隍枕夷夏之交，宾主尽东南之美。都督阎公之雅望，棨戟遥临；宇文新州之懿范，襜帷暂住。十旬休假，胜

友如云；千里逢迎，高朋满座。腾蛟起凤，孟学士之词宗；紫电青霜，王将军之武库。

东南一带的名人几乎都到了，所谓“胜友如云”、“高朋满座”。在这些人当中，除了都督，还有刺史，还有将军，还有众多的文士。总之，都是一些有身份、有地位的人。

而当时的王勃是个什么身份呢？一个遇赦的杀人嫌疑犯，一个被除名的政府公务员，一个被贬谪的县令之子，一个著名诗人。

要是搁在今天，王勃绝对没有资格参加这样一个由一位封疆大吏主持的高规格的会议。他有两道关过不了。一是政审这一关，一是安检这一关。

但是，王勃进去了。

“家君作宰，路出名区；童子何知，躬逢胜饯。”

王勃是如何进去的？有三种可能：

一是别人带进去的；

二是自己找上门的；

三是受到正式邀请。

先说第一种可能：有人说，王勃有一个叔公，叫王承烈，当时就住在江西。是他把“滕王阁之会”的消息告诉王勃的。但是，知道“滕王阁之会”的消息，并不等于有资格参加“滕王阁之会”，这是两回事。这个王承烈究竟是个什么身份？是平民？还是官吏？他的面子究竟有多大？他本人有没有受到邀请？是不是他把王勃带进去的？由于史料的缺乏，我们没法知道。

我看到一本《中国名胜诗词大辞典》，讲到《滕王阁序》的时候，说王勃是由他的老师带进去的。他的老师受到了邀请。我不知道这个说法有什么依据。我查了不少史料，但是并没有发现王勃当时还有一个老师在江西，只知道他有一个叔公王承烈在江西。

第二种可能：是他知道消息之后，自己找上门去，再作自我介绍。

第三种可能：是主办方知道王勃到了南昌，然后给他发邀请。

我认为，第三种可能性比较大。因为王勃虽然犯了事，被除名，但他毕竟还是"初唐四杰"中的重要一员，毕竟还是著名诗人啊！我推测，阎公可能考虑到了这一点。也就是说，不管你是不是被除名了，不管你有没有杀人嫌疑，你是著名诗人，我就请你。这说明什么呢？说明阎公这个人是很宽容的。

事实也是如此。阎公本来没有想到让王勃写序。他本来是要让他的女婿写序的。王勃写序，他最初是很不高兴的。但是，后来他发现王勃写出了"落霞与孤鹜齐飞，秋水共长天一色"，态度就来了个一百八十度的大转弯："此真天才，当垂不朽矣！"这说明阎公这个人不仅很宽容，而且很有鉴赏能力，甚至还有几分可爱。

过去人们讲《滕王阁序》，在赞美王勃的同时，免不了要把阎公贬低一番。其实，如果没有阎公的宽容，如果没有他和他的那一班朋友所营造的这种宽松的人文环境，如果"滕王阁之会"是一个等级森严的会议，是一个领导可以夸夸其谈，而别人只能小心翼翼地附和的会议，是一个只能歌功颂德，而不能自由发表言论的会议，《滕王阁序》这篇千古名作还出得来吗？

这一点非常重要，十分重要！

这是讲人文环境，下面再讲自然环境。

滕王阁在哪里？它周围的环境如何？登上滕王阁，可以看到什么景致？

唐代滕王阁的绘图，我们已经看不到了。我们只能看到宋代的。现在的滕王阁，就是根据宋代滕王阁的绘图修建的。但是，宋代离唐代不远。我们通过宋代的滕王阁仍可想象唐代滕王阁的风采。

宋代的滕王阁

今天的滕王阁

我们不难发现：在宋代的滕王阁上，可以直接看到江水和远山，而且水势浩瀚，远山苍茫，这样的景观是可以激发人的艺术想象和灵感的。在今天的滕王阁上，虽然也能看到江，但是江水很浅，没有浩瀚之感；虽然也能看到山，但不能直接看到山，中间隔了许多高楼，把视线挡住了，不能产生苍茫之感。站在今天的滕王阁上，很难激发艺术的想象和灵感，恐怕只能刺激发财的欲望：江对面的房子卖到多少钱一平方米了？房价有没有出现“拐点”啊？

今天的滕王阁虽然比宋代建得高，但是周围的景观被破坏了。站在今天的滕王阁上，再也看不到浩瀚的水势与苍茫的远山了。因此就很难产生艺术的想象和灵感。如果王勃活到今天，如果他在今天登上滕王阁，可能就写不出《滕王阁序》了。

在我国，自然环境的变化趋势，是一代比一代差。可以肯定，唐代滕王阁周围的环境，一定比宋代的还要好看。我们且看王勃是怎么写的：

> 时维九月，序属三秋。潦水尽而寒潭清，烟光凝而暮山紫。俨骖骓于上路，访风景于崇阿。临帝子之长洲，得天人之旧馆。层峦耸翠，上出重霄。飞阁翔丹，下临无地。鹤汀凫渚，穷岛屿之萦回；桂殿兰宫，即冈峦之体势。

这段文字说明，王勃是坐着马车到滕王阁的，时间是在农历九月的一个傍晚。那时刚刚下过一场雨，但是地上没有积水，而池潭里的水则很清凉，透出秋天的寒意。傍晚的山峦烟雾缭绕。

滕王阁是依山而建的，很高，也很华丽。滕王阁的下面，是赣江中一座长长的岛屿，今天的南昌人叫它扬子洲。扬子洲上有仙鹤，也有野鸭，生态环境很好。这是近景。下面是远景：

> 披绣闼，俯雕甍。山原旷其盈视，川泽纡其骇瞩。闾阎扑地，钟鸣鼎食之家；舸舰迷津，青雀黄龙之舳。

远山苍茫，平原辽阔，赣江迂回曲折。渡口停泊了许多华丽的船只，而南昌城里则居住着许多大户人家。

再往更远的地方看：

> 云销雨霁，彩彻区明。落霞与孤鹜齐飞，秋水共长天一色。渔舟

唱晚，响穷彭蠡之滨；雁阵惊寒，声断衡阳之浦。

彭蠡，就是鄱阳湖。孤鹜，就是单飞的野鸭。这时候，雨过天晴，晚霞明丽，视线很好。他看到晚霞在飞，野鸭在飞，长天茫茫，秋水浩浩。而鄱阳湖的渔歌，还有飞往衡阳的大雁的叫声，则一阵一阵地传来。

这一段景致，全是秋景。尤其是“落霞”、“孤鹜”、“渔舟唱晚”、“雁阵惊寒”这几个景象，让他想到了自己的归宿问题，触发了他的生命意识。

秋天，表明一年好景将成过去；傍晚，表明一天好景将成过去。而“孤鹜”在飞，大雁在飞，表明鸟类在寻找归宿；“渔舟唱晚”，则表明人类在寻找归宿。可是自己呢？自己的归宿在哪里？自己是个“失意之人”，是个“他乡之客”。还有，他是为了看望父亲才经过南昌的，而父亲更在遥远的交趾。他们都是“失意之人”，都是“他乡之客”。他自己被除名，父亲被贬官，都被朝廷抛弃了，都没有归宿感。所以这一段秋景非常重要，如果没有这一段秋景的触发，他就不会联想到自己的身世，自己的处境，自己的归宿，就没有下文大段的悲伤。也就是说，如果没有这一段秋景的刺激或者触发，他就不可能产生强烈的生命意识，就不可能写下名传千古的《滕王阁序》。这就是悲秋。其实，《滕王阁序》就是一篇悲秋之作。

这就是自然环境对作家的触发作用，也就是古人所讲的“江山之助”。

小结

同样的人文环境，同样的自然环境，为什么当时“文酒之会”上那么多文人，就没有一个人能像王勃那样，写出这么好的作品呢？这就与作家本人的天赋和心境有关了。

没有文学天赋的人，无论遇到什么样的环境，都难以产生文学的激情和灵感。

有文学天赋的人，如果没有忧患，即便是遇到类似的环境，也难以写出动人的作品。

只有天才，并且只有忧患中的天才，在特定的时间遇到特定的环境，才会激发灵感，才会写出传世之作。

所以我们说，经典的产生，与天才、心境、时间、地理这四者密切相关，缺一不可。

过去讲文学的人，往往只注意作家的天赋，作家的忧患，以及作家写作的时代背景，而很少注意作家写作的地理环境。所以，我们今天把这一点作为一个重点来讲。

一部文学经典的产生，与特定的地理环境是有重要关系的。文学与地理环境的关系，正是文学地理学这个新兴学科所要研究的问题。

我刚刚在南昌参加完“中国首届文学地理学暨宋代文学地理研讨会”，对南昌记忆犹新。所以中华书局的同志约我来讲课时，我就很自然地想到了产生在南昌的《滕王阁序》。讲得不对的地方，请大家批评指正。

谢谢大家！

后　记

1978年上大学以前，我在农村。由于条件所限，我读的唐诗是很零碎的。上大学之后，我才开始有系统地读唐诗。每天早晨六点，我就起床、洗漱、跑步，然后就读唐诗一个小时。这样坚持了四年。

那是一段为读唐诗而读唐诗的日子，现在回忆起来，也可以说是一段诗一般的日子。后来在高校工作之后，我花了更多的时间来读唐诗，但已经不再是为读唐诗而读唐诗了，而是为了写作论文而读唐诗。感觉已经不一样了。人生掺杂了功利，生活的质量就要打折扣。

我的导师一直强调，讲诗的人，研究诗的人，必须学会写诗。1982年，我考上湖北大学古代文学专业的硕士研究生，导师是曾昭岷和张国光先生。这两位先生既是学者，又是诗人。在许多人看来，他们的诗应该是很好的了，可是他们都很谦抑，认为自己的诗并不怎么好。于是，就请著名诗人、书法家吴丈蜀先生来给我们开“诗词写作”这门课。吴先生教我们写诗的办法，是先让我们写一到两首诗交给他看看。他来上课时，先讲唐人的诗，附带讲一下自己的诗。讲完了唐人和自己的诗，再评点我们的诗。评点完我们的诗，就下课，顺便把我们新写的诗带回家去改。等到下次来上课时，又是先讲唐人和自己的诗，再评点我们的诗。他就用这种办法，训练了我们一年。我的导师曾昭岷先生认为，吴先生的这种训练方法是很好的。这样训练我们，即便我们写不出好诗，但也可以知道好诗是怎么写出来的。这样，今后给学生讲诗就不至于讲外行话了。

我从 1985 年秋季开始给大学生讲唐诗宋词，除去在广州市文化局工作的 6 年，到今天，已经讲了 21 年。承蒙大家厚爱，凡是听过我讲唐诗宋词的人，包括大学生、研究生和在职的中、小学语文老师，以及社会上其他方面的人士，都认为我讲得还可以。可是有一点，大家不一定都知道，我讲课是不写讲稿的。

为什么讲课不写讲稿？缘于我读硕士研究生时的一段经历。那是临到毕业的那个学期，曾昭岷先生安排我去给在读的湖北大学中文系 1982 级本科生讲李清照的词。曾先生强调说："这是毕业实习，我和教研室主任要去听的，听完了就给你一个成绩。"为了讲好那两节课，我认真地准备了讲稿。但是讲课的时候，我发现，照着讲稿，根本放不开，根本没法讲。于是，我就干脆抛开讲稿。两堂课下来，大家评价说，第一节课不怎么样，第二节课讲得很好。第一节课为什么不怎么样？那是照着讲稿讲的；第二节课为什么讲得很好？那是因为抛开了讲稿。因此我就获得一个经验，要想把课讲好，必须抛开讲稿。既然要抛开讲稿，那还写什么讲稿呢？所以，从 1985 年秋季开始给大学生讲课以来，我就一直不写讲稿。

2009 年 5 月，"超星学术视频"广州工作站的负责人符瑞女士来广州大学约我讲柳永。她说她看过我的《柳永和他的词》这本书，认为我讲这个题目比较合适。我虽然口头应承了下来，但是拖了很久。原因是，《柳永和他的词》是一本学术著作，要把这本学术著作变成一部讲稿，对我来讲，是需要一些时间的。而我的手头又在做一个文学地理学方面的国家社会科学基金项目，实在是抽不出时间来写这个讲稿。这样一直拖到2011年夏天，符瑞女士调回北京，她的继任者游武兵先生再次来找我。这位游先生来找我的时候，就带着《柳永和他的词》这本书。他说："曾老师，你是研究柳永的专家，柳永和我还是同乡呢！"这样一下子就让我对他有了亲近感。我说，我是答应过符瑞讲柳永的，但是我一直没有时间写讲稿。他说："你不用专门写讲稿了。你讲什么，我们就拍什么。"刚好，2011年的秋季系里安排我给2010级的本科生讲唐诗，于是他们就来拍摄这门课。

我虽然一直都不写讲稿，但是这一次我还是破例了。原因是有朋友提醒我："超星学术视频"是国内最有影响的学术视频，它的学术性比较强，上网观看的人也很多。你要是不写讲稿，站在那里讲到哪是哪，万一出了差错，网友们可不会原谅你。经朋友这么一说，我就想到了网友的厉害。于是停下手头的项目，前后花了20多天的时间来写这个讲稿。

事实上，由于赶时间，这个讲稿写得并不细致，只能算是一个提纲，用来提醒一下自己，到了讲台上不会信马由缰而已。但是，由于有了这个东西，使得我的讲课效果并没有平时那么好，因为有这个东西在跟前，我还是有些放不开。"超星学术视频"的编导和摄像师听了我的课，觉得讲得好，学生们也认为讲得好。其实我心里明白，那是在鼓励我，或者说，是因为他们在这之前没有听过我的课。

由于讲稿写得比较简约，课也没有平时讲得洒脱，所以我就没有把这事放在心上，只当是完成了一个任务。

《唐宋词十八讲》这部讲稿的写作，也是缘于"超星学术视频"的拍摄需要。

说到这两本书的出版，则要归功于中山大学出版社对我的厚爱。我的第一本书《柳永和他的词》就是在中山大学出版社出版的。1990 年那个时候，出版学术著作非常困难。出版社要收出版费用，而教育部门又没有出版基金。可是中山大学出版社很爽快地出版了我这本书，没有收我一分钱的出版费用。10 年以后，也就是 2001 年，中山大学出版社又再版了这本书，不仅没有收我一分钱的出版费用，还给我发了稿费。这一次，他们再次决定免费出版我的《唐诗十二讲》和《唐宋词十八讲》。我要借此机会，感谢中山大学出版社对我的厚爱。

同时我也要感谢“超星学术视频”。如果不是他们要来拍摄这两门课程，我可能一辈子都不会写这两个讲稿。

《唐诗十二讲》和《唐宋词十八讲》这两个讲稿写得比较简约，《唐诗十二讲》尤其简约。如果说这个讲稿还有什么特点的话，那就是对唐代的诗人、诗歌，对唐诗的历史，提出了一些自己的观点。例如，对于初唐诗、晚唐诗和大历诗人，我的评价都比别的学者的评价要高；而对于别的学者评价都很高的陈子昂的《感遇诗》和白居易等人的《新乐府诗》，包括他们的诗歌主张，我的评价反而不高。我不认为唐代有什么“新乐府运动”，也不认为有什么“古文运动”。我对韩愈作品中的假话、套话很不以为然；对白居易的《琵琶行》也提出了批评，认为其中有严重的败笔。白居易贬江州，是因为他写新乐府诗得罪了权贵。他是很有些委屈的。琵琶女不一样，她在人老珠黄的时候，还能嫁给一个厚道的商人，这是她的幸运。白居易把自己的遭遇和琵琶女的遭遇进行不恰当的类比，说什么“同是天涯沦落人”，其实你白居易才是天涯沦落人呢！人家琵琶女已经找到人生的归宿，已经脱离“娼籍”，成了自由人，人家沦落什么？……

我的某些观点也许不一定会得到某些专家的赞同，但是我认为，我是言之有据的。没有依据的话我不会讲。至于对与不对，我乐意接受广大网友和读者的评判，也乐意接受同行专家的评判。

由于行文比较简约，如果读者觉得不满足，不妨看看“超星学术视频”，因为视频比讲义毕竟要详细一些，也生动一些。不过视频也有它的局限，至少是不方便做笔记。如果大家觉得视频中的某些话讲得好，而又懒得做笔记的话，那就不妨看看这本书。

曾大兴

2012 年 3 月 29 日晚于广州世纪绿洲寓所

曾大兴主要作品

1.《柳永和他的词》，学术专著，广州：中山大学出版社，1990 年初版，2001 年修订版。

2.《中国历代文学家之地理分布》，学术专著，武汉：湖北教育出版社，1995 年初版；北京：商务印书馆，2012 年修订版。

3.《英雄崇拜与美人崇拜》，学术专著，北京：中国文联出版社，1999 年版。

4.《词学的星空》，学术专著，石家庄：河北人民出版社，2009 年版。

5.《20 世纪词学名家研究》，学术专著，北京：中华书局，2011 年版。

6.《文学地理学研究》，学术专著，北京：商务印书馆，2012 年版。

7.《诗归》，古籍整理，武汉：湖北人民出版社，1985 年版。

8.《中国古代词曲经典导读》，普及读物，北京：高等教育出版社，2009 年版。

9.《唐诗十二讲》，教材，广州：中山大学出版社，2012 年版。

10.《唐宋词十八讲》，教材，广州：中山大学出版社，2012 年版。

11.《古代文学教学创新与大学生能力建设》，教学研究著作，广州：广东高等教育出版社，2006 年版。

12.《文学地理学》，论文集，北京：人民出版社，2012 年版。

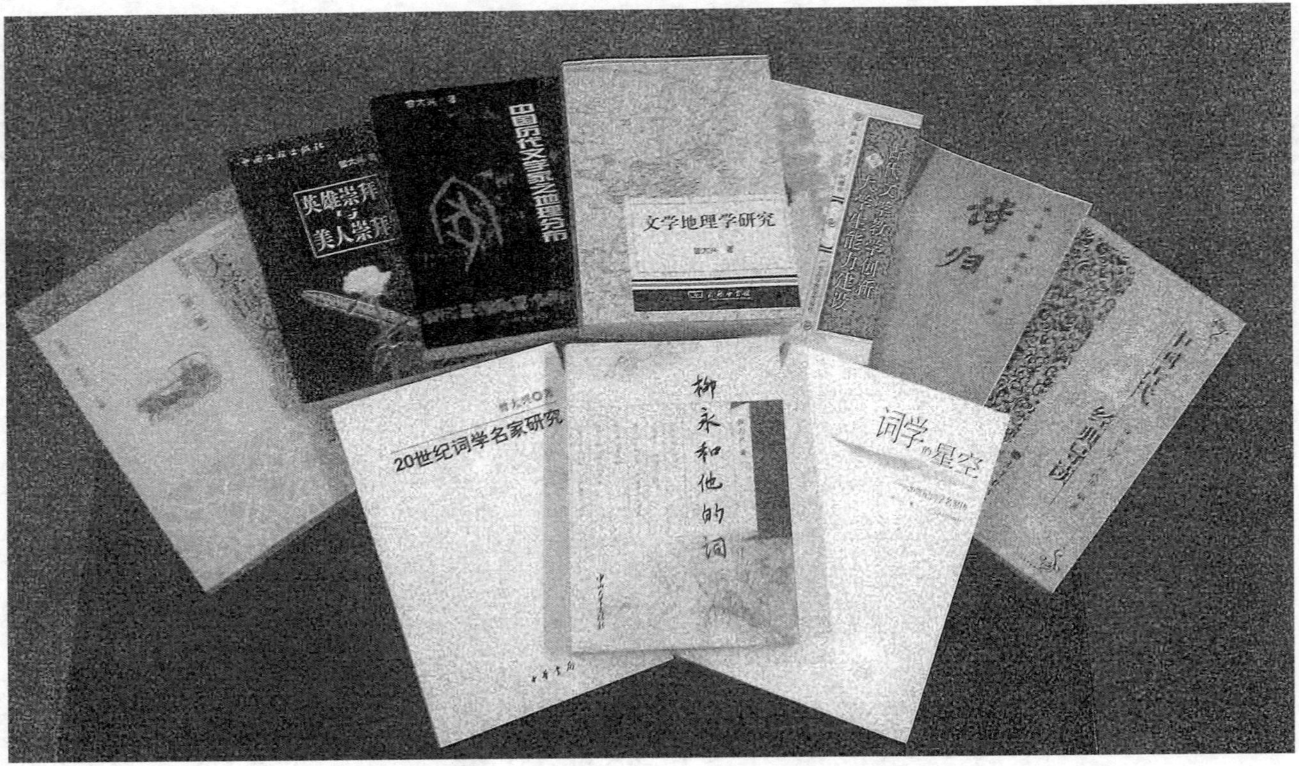
英雄崇拜与美人崇拜
中国历代文学家之地理分布
文学地理学研究
20世纪词学名家研究
柳永和他的词
词学的星空